THE THING AROUND YOUR NECK

Chimamanda Ngozi Adichie

绕颈之物

〔尼日利亚〕奇玛曼达·恩戈兹·阿迪契 著　文敏 译

人民文学出版社
PEOPLE'S LITERATURE PUBLISHING HOUSE

著作权合同登记号　图字 01-2020-3895

Chimamanda Ngozi Adichie
THE THING AROUND YOUR NECK

图书在版编目(CIP)数据

绕颈之物/(尼日利)奇玛曼达·恩戈兹·阿迪契著;文敏译.
—北京:人民文学出版社,2021
(短经典精选)
ISBN 978-7-02-016061-7

Ⅰ.①绕…　Ⅱ.①奇…②文…　Ⅲ.①短篇小说-小说集-尼日利亚-现代　Ⅳ.①I437.45

中国版本图书馆 CIP 数据核字(2020)第 011987 号

总 策 划　**黄育海**
责任编辑　**甘　慧　潘爱娟　邰莉莉**
封面设计　**好谢翔**

出版发行　**人民文学出版社**
社　　址　**北京市朝内大街 166 号**
邮政编码　**100705**
网　　址　**http://www.rw-cn.com**

印　　刷　**上海利丰雅高印刷有限公司**
经　　销　**全国新华书店等**

开　　本　**890 毫米×1240 毫米　1/32**
印　　张　**8.125**
字　　数　**255 千字**
版　　次　**2021 年 3 月北京第 1 版**
印　　次　**2021 年 3 月第 1 次印刷**

书　　号　**978-7-02-016061-7**
定　　价　**69.00 元**

如有印装质量问题,请与本社图书销售中心调换。电话:010-65233595

目录

一号牢房

我们家第一次遭窃，偷儿是我们的邻居奥西塔，他从餐厅窗口爬进来，偷走了我们的电视机、录像机和我父亲从美国带回来的几盘录像带：《紫雨》和《颤栗》①。第二次遭窃，是我兄弟恩纳玛比亚干的，他制造了有人擅闯入室的假相，偷走了母亲的首饰。事情发生在星期天。我父母去我们的老家姆贝斯②看望祖父母了，恩纳玛比亚和我去了教堂。他开着母亲那辆绿色的标致504。在教堂里，我们像往常那样坐在一起，但我们不像往常那样互相碰碰胳膊肘，悄声讥嘲某人丑陋的帽子或是磨损得开了线的束带长袍，因为当时恩纳玛比亚只坐了十分钟，没说一句话就溜出去了。在牧师开口说“弥撒结束，愿众位平安”之前，他又回到了座位上。我有点儿懊恼。我估计他是跑出去抽烟，或是去看某个女孩了，因为他手

① 《紫雨》是美国歌手普林斯(Prince)的传记影片，一九八四年上映；《颤栗》是迈克尔·杰克逊的MTV专辑，一九八二年发行。

② 姆贝斯，尼日利亚东南部城市。

里有车，但他至少得跟我说一声他去哪儿了。回家的路上，我俩都默不作声，恩纳玛比亚把车泊在我家长长的车道上，他打开房门时，我停下来摘了一些红龙船花。一进屋，我看到他站在客厅中间。

“我们家遭窃了！”他用英语说。

我愣了一会儿才明白过来，房间里的东西乱七八糟撒了一地。甚至在那时候，我就已经觉出这情形有些夸张，抽屉都被拽出来了，好像干这事儿的家伙故意要给现场目击者留下某种印象。不过，也许事情就这么简单，我太了解我这个兄弟了。后来，父母回家了，邻居们一窝蜂地拥了进来，嚷嚷着“倒霉”，又将手指掰得噼啪作响，上下耸着肩膀，我独自坐在楼上的房间里，忍着胃里的阵阵恶心，因为我明白这是怎么回事：是恩纳玛比亚干的，我知道。我父亲也明白。他指着脱落的百叶窗板，说那是从里面掰开的，而不是从外面搞的（恩纳玛比亚还真有这么聪明，没准弥撒结束之前他就能赶回教堂了），而且，那窃贼竟然准确地知道母亲的首饰搁在什么地方——她的一个金属衣箱的角上。恩纳玛比亚瞪着一双受伤的眼睛，表情夸张地看着父亲说：“我知道我过去的行为让你俩遭受了很大的痛苦，但我从来不会做这种有损你们信任的事情。”他说的是英语，使用的是那种夸张的词汇，诸如“很大的痛苦”和“有损”什么的，他作自我辩护时常常这样。然后他就从后门跑出去了，那天晚上没有回家。或是第二天晚上出走的。或是第三天吧。他两个星期后才回来，满脸憔悴，浑身散发着啤酒气味，哭着嚷着，说他很后悔，是他偷了首饰卖给了埃努古的豪萨①首饰商，随后花光了所有的钱。

“你把我的金首饰卖给他们得了多少钱？”母亲问他。当他说出数字时，她两手捂着脑袋大叫起来：“噢！噢！上帝杀了我吧！”好像是说，她觉得本该卖个更好的价钱。我真想过去扇她一巴掌。我父亲让恩纳玛比亚写一份报告：写他偷首饰的经过，卖首饰的钱都花在什么地方，以及在此期间他跟什么人混在一起。我估计恩纳玛比亚不会说实话，而且我觉得父亲也是这么想的，可他喜欢报告，我这个当教授的父亲。恩纳玛比亚洋洋洒洒地写了一篇像模像样的报告。况且，恩纳玛比亚十七岁了，已经留起了精心呵护的小胡子。他正处于高中到大学的过渡阶段，这个年纪挨老爸手杖已经不像话了。那么，我这父亲还做了什么呢？恩纳玛比亚写完报告后，父亲把它塞进他书房里那个钢制文件柜抽屉里存档，那里面保存着我们在学校里的成绩报告单之类的东西。

“他就这样伤他妈妈的心。”父亲最后只是这么嘀咕了一句。

当然，恩纳玛比亚并非存心要伤害她。他这么做，是因为母亲的首饰是家里最值钱的东西：一辈子积攒下来的金器。他这么

---

① 埃努古，尼日利亚南部城市，埃努古州首府；豪萨，尼日利亚人口最多的民族。

做，还因为其他教授们的儿子也都这么做。我们这个宁静的恩苏卡校区里偷盗成风。男孩们从小穿着锃亮的棕色皮凉鞋去大学教职员工子弟学校上学，看着电视里的《芝麻街》、读着伊妮德·布莱顿①的书、吃着玉米片早餐长大，现在这帮人开始撬开邻居家窗上的遮蚊罩，推开玻璃天窗爬进人家屋里去偷电视机和录像机了。我们都认识这伙偷儿。恩苏卡校区是个小地方——三条街上房子挨着房子，彼此只隔着一道矮栅栏——所以我们不可能不知道是谁偷的。尽管如此，他们做教授的老爸老妈在教员俱乐部见面，或是在教堂和会议上碰头，只是口口声声抱怨起镇上的小混混窜到自己这神圣的校区来行窃。

这些行窃的男孩都是一些挺跩的家伙。他们夜晚开着父母的车出来游荡，将驾驶座往后移，伸长胳膊，手刚够着方向盘。奥西塔，就是恩纳玛比亚偷窃事件之前几个星期偷了我家电视机和录像机的男孩，总是那副深沉样儿，戴着一顶帽子，走起路来很有风度似的。他的衬衫总是熨得很挺括，我曾经注意过栅栏那边的他，看到他就闭上了眼睛，想象着他朝我走来，跟我说，我是他的。他从未觉察到我的关注。他偷了我家的东西后，我父母根本不会去埃布比教授家里，要求他儿子把我们的东西还回来。他们在公开场合

① 伊妮德·布莱顿（1897—1968），英国儿童文学作家，一生写过七百多个儿童故事。

说，这都是镇上的小混混们干的。可他们知道是奥西塔干的。奥西塔比恩纳玛比亚大两岁，大部分行窃的男孩都比恩纳玛比亚大一些，这也许是恩纳玛比亚不敢去别人家行窃的缘故。也许，他觉得自己的年纪有资格去偷母亲的首饰了。

恩纳玛比亚跟母亲长得很像，蜂蜜色的皮肤，大大的眼睛，一张丰满而弧线优美的大嘴。母亲带着我俩去市场时，商贩们都起哄说："嗨，太太，你怎么把这么好的肤色浪费在男孩身上，女孩的皮肤倒是生得这么灰暗？男孩要这么漂亮干什么用啊？"这时，母亲就会咯咯地笑起来，好像她有责任为恩纳玛比亚的好相貌表现出顽皮的开心样子。恩纳玛比亚十一岁那年在学校里用石块砸了教室的玻璃窗，母亲给他钱去赔偿损坏的玻璃，却没把这事儿告诉父亲。二年级时，他弄丢了图书馆的书，她对他的班主任说是被我家的男仆偷走了。三年级时，他本该每天提早离校去参加教义问答，结果他一次都没有去过，以致后来都没法接受圣餐礼，而母亲却对别的家长说他考试时得了疟疾。他拿了父亲那辆车的钥匙，用肥皂做了印模，还没来得及找来锁匠就被父亲发现了，可母亲只是含糊其辞地说他怎么能做这样的实验，也没怎么当回事。当他偷了父亲书房里的考卷去卖给父亲的学生时，母亲冲着他大喊大叫，而转身却对父亲说恩纳玛比亚毕竟十六岁了，本来就该多给他一些零花钱。

我不知道恩纳玛比亚是否后悔偷了母亲的首饰。我一直没法从我兄弟那张挂着微笑的漂亮脸庞上看出他的真实感情。我们从来没有谈过这事儿。就在那时候，我母亲的姐妹送来了自己的金耳环。就在那时候，她又在摩齐亚太太那儿以分期付款的方式买来了一套吊坠耳环，那个迷人的女人是做意大利首饰进口生意的，我母亲每月一次开车去她那儿付首饰款。自从发生恩纳玛比亚偷窃首饰事件后，我们从来没谈过这事儿。好像我们假装恩纳玛比亚没干过这事儿就能给他一个重新开始的机会。如果不是三年之后，恩纳玛比亚在大三时被逮进了警察局，这起偷窃事件也许再也不会被人提及。

我们这个宁静的恩苏卡校区刮起了一股帮会风。大学里几乎所有布告牌上都用醒目的粗体字写着：**对帮会说不**。最出名的帮会是“黑斧帮”、“海盗帮”和“皇家海盗帮”。它们曾经代表着温馨的兄弟情谊，而后来却演化成了人们称之为“帮会”的东西，那些对美国饶舌歌手如数家珍的十八岁小伙子，正经受着神秘而古怪的人生启蒙，以至于他们当中时不时会有一两具尸体撂在了奥迪姆山上。枪支、打打杀杀的忠诚，还有斧头，俨然成为了流行时尚。帮会大战成了最火的时尚：如果一个男孩向一个属于“黑斧帮”头目的女友献殷勤，那么过不了多久，这男孩在去买香烟的半路上，大腿上就会被人捅一刀，然后他没准摇身一变就成了“皇家海盗帮”的人，然后他那些“皇家海盗帮”的弟兄们就会闯入一家啤酒馆，顺手逮来某个“黑斧帮”男孩，朝他肩头射一枪，第二天，发现一个“皇家海盗帮”成员死在那家餐厅里，尸体倒在一排铝制汤盆上，当天晚上，在某个讲师家里，一个“黑斧帮”男孩又被砍死在自己的房间里，他的CD音响上鲜血淋漓。这些都是没有道理可讲的事情。这些非常事件很快就成为常态了。女孩子们下了课就窝在宿舍房间里，而教师们听到苍蝇嗡嗡地飞过也会全身发抖，大家都被吓坏了。于是就召来了警察。他们开着摇摇晃晃的蓝色标致505飞快地驶过校园，锈蚀的枪管伸出车窗，像是在吓唬学生。恩纳玛比亚在课堂上笑翻了。回到家里又议论起来，他觉得警察本该表现得更好一些。所有的人都知道，帮会男孩手里的家伙比警察的更先进。

父母亲默不作声地注视着恩纳玛比亚哈哈大笑的面孔，我知道他们也在担心，不知道他是不是帮会中的人。有时候，我觉得他是。帮会男孩都很拉风，而恩纳玛比亚就挺跩的。那些男孩们看见他走过就大声喊他的绰号——“疯客！”——跟他握手。女孩们，尤其是当红的“大鸡仔帮”女孩，跟他打招呼时，拥抱的时间似乎也太长了点。他可以出入所有的聚会，无论是乏味的校园活动还是镇上更狂野的派对，他都是备受女人欢迎的男人，同时也是哥们圈子里的哥们，就是那种一天抽一包乐富门香烟、坐下来就能干掉一箱星牌啤酒的家伙。但有时候，我又觉得他不是帮会中的人，因为他太受欢迎，跟所有不同派别的人好像都是哥们，倒没有一个敌人。当然，我也不能完全肯定，我这兄弟是否有——胆量，是否敢于铤而走险——混入帮会组织。只有一次，我当面问他是不是帮会中的人，他惊讶地看着我（他的睫毛长而浓密），好像我本该知道这个问题的答案，在这之前他说过，“当然不是。”我相信了他。我父亲也相信了他。可是我们对他的信任几乎不说明什么问题，因为他已经被捕，并以帮会成员的罪名被起诉了。他对我说——“当然不是”——是在我们第一次前往关押他的警察局探视他的时候。

事情的经过是这样的。那是一个燠热的星期一，四个帮会成员蹲守在校区大门口，拦截了一位教授驾驶的红色奔驰车。他们用枪顶住她的脑袋，逼她离开车子，然后他们把车开到工程学院，在那里，他们开枪射杀了三个刚走出阶梯教室的男孩。当时是中午。我正在附近上课，我们听到了猛烈的枪击声，我们的讲师第一个冲出教室。然后是一片尖叫声，楼梯上突然乱七八糟地挤满了张皇失措的学生。外边，三具尸体躺在草坪上。那辆红色奔驰鸣着尖厉的喇叭开走了。许多学生当即拿包走人，摩托车司机以高于平时两倍的收费送他们去停车场。主持学校事务的副校长宣布取消所有夜间课程，晚上九点以后学生一律不准出门。这对我来说并没有太大的意义，因为枪击发生在热热闹闹的大白天，或许对恩纳玛比亚来说也没有什么意义，因为宵禁开始的第一天，晚上九点他就不在家，那个晚上他就没有回家。我估计他是住到朋友家了，再说他也并不经常回家。第二天上午，一个保安来告诉我父母，恩纳玛比亚被逮走了，他和另外几个帮会男孩一起被塞进警车送往警察局了。母亲一听便尖声大叫："不许这么说！"父亲平静地谢过保安。他开车带我们去了镇上的警察局。在那儿，一个治安警官嘴里含着脏兮兮的钢笔帽，说："你们是来找昨晚被捕的那几个帮会男孩吗？他们被带到埃努古去了。案情非常严重！这回，我们必须一劳永逸地铲除这些帮会祸害！"

我们回到车里，新的恐惧攫住了我们。在恩苏卡——我们这里是个生活节奏缓慢、与世隔绝的地方，而镇上的生活节奏更缓慢，更加与世隔绝——总还能够想想办法，父亲也许认识警方的头儿什么的。但在埃努古，我们却什么人都不认识，那是驻扎着尼日利亚陆军机械师的州府城市，那里有警察总部，繁忙的十字路口都配有交通监督员。那儿的警察遇到棘手的案子就会大开杀戒，并以此闻名遐迩。

埃努古警察局四面筑着围墙，形状不规则的院子里挤满了一幢幢房子，悬挂着"警务专员办公室"牌子的大门外堆着几辆锈迹斑斑的报废车。父亲将车驶往院子另一头那个长方形的小平房，到了那儿，母亲拿出钞票，还有乔洛夫炒饭[①]和肉食贿赂两个当班警员，那些东西都装在一个扎紧的黑色防水胶袋里，于是他们准许恩纳玛比亚走出牢房，跟我们坐到一棵伞形树下的长凳上。没人问他为什么明知夜晚宵禁却还待在外面。没人抱怨警察毫无理由地闯进酒吧，逮走了所有在那儿喝酒的男孩和酒吧侍者。我们只是听恩纳玛比亚说话。他叉着两腿坐在木头长凳上，面前摆着盛着米饭和鸡肉的保暖瓶。他的眼睛有所期待地闪闪发光：一个马上要开始表演的艺人。

“如果都像管理我们这间牢房那样去管理尼日利亚，”他说，“我们这个国家也许就不会有问题了。这里的一切都井井有条。我们这间牢房里有个老大，叫阿巴查将军，他还有个二把手。你一进这间牢房就得给他们交钱。如果不交，你就有麻烦了。”

“那你身上有钱吗？”母亲问。

恩纳玛比亚笑笑，由于前额添了一个小虫叮咬的丘疹般的疱肿，他那张脸甚至变得更漂亮了，他用伊博语说，在酒吧里被逮捕之前那一刻，他迅速将钞票塞进了自己的肛门里。他知道如果不藏好就会被警察拿走，他也知道到了牢里需要用钱来打点自己。他咬了一口炸鸡腿，又改用英语说：“阿巴查将军对我藏钱的这一手非

① 乔洛夫炒饭，西非流行的一种主食。

常欣赏。我已经过了他这道关。我一直在说他好话。他们唱歌时，我们新进去的人都得捏着耳朵做蛙跳动作，他只让我跳了十分钟，而别人差不多要跳三十分钟呢。”

母亲抱住自己的身子，像是感觉很冷。父亲什么都没说，只是细心地观察着恩纳玛比亚。而我则想象着，我这个在老大面前过了关的兄弟，如何将几张一百奈拉①的票子卷成香烟般粗细，然后用手伸进裤子后面忍痛塞入体内。

过后，我们驾车回恩苏卡的路上，父亲说：“在他闯入自己家里行窃那回，我就该有所行动了。我本来就该把他送进牢房。”

母亲盯着车窗不吭声。

“为什么？”我问。

“你看，这回倒是把他震住了。难道你没看出来？”父亲露出苦笑问我。我可没看出来。那天是没看出来。在我看来，恩纳玛比亚似乎安之若素，他能将钱一股脑儿塞进屁眼里。

恩纳玛比亚第一次被吓着，是看见一个“皇家海盗帮”男孩的哭泣。那男孩长得高大强壮，传说此人有过杀人记录，下学期有望成为帮会头目，可是现在被关进牢房，吓得缩成一团，牢房老大在

---

① 奈拉，尼日利亚货币单位。

他后脑勺上敲了一棍子，他还抽抽搭搭地哭了起来。我们第二天探监时，恩纳玛比亚把这事儿告诉了我，口气里充满了不屑和失望，好像突然让他看到“绿巨人”[①]原来是罐绿油漆。几天后，他又受了第二次惊吓，那件事情发生在一号牢房，那间牢房离他的牢房很远，两个警察从一号牢房拖出一具肿胀的尸体，在恩纳玛比亚他们的牢房前停下来，以确保他们所有的人都清楚地看见了那具尸体。

就连牢房老大对一号牢房也心存畏惧。恩纳玛比亚和同牢房一些能够出钱洗澡的人，用盛过油漆的铁桶贮满水，拎到院子里去擦身，警察就在一边看着他们，还常常冲着他们叫喊：“别洗了，否则把你们关进一号牢房！”一号牢房是恩纳玛比亚的噩梦。他不能想象还有比自己这间牢房更可怕的地方，这间牢房里塞满了犯人，他经常被挤得只能贴着四处开裂的墙壁站着。墙壁缝里全是小虫子，咬起人来非常厉害。每当他叫喊起来，同牢房的人就称他“牛奶香蕉男孩”“大学男孩”“奶娃娃男孩”。

那些虫子个儿很小，咬起人来却挺凶。晚上咬得更凶。牢房里的人都是脑袋顶着别人的脚丫子，侧着身子睡觉，只有牢房老大能够整个背脊躺在地上很舒坦地睡。也只有牢房老大可以享用盛在盘

---

① “绿巨人”，原文 *Incredible Hulk*，即路易斯·莱特利尔导演的好莱坞漫画电影《绿巨人Ⅱ：无敌浩克》中的主人公，此片二〇〇八年上映。此前李安导演的《绿巨人》曾于二〇〇三年上映。

子里的木薯饭①，享用每天送进牢房的菜汤，其余的人只能每人喝两口。这是恩纳玛比亚关进去的第一个星期告诉我们的。他说话的时候，我心里在想，不知墙壁里的虫子有没有咬到他脸上，不知他前额蔓延开来的丘疹疱块是不是受到虫咬的感染。有些丘疹疱的尖顶上已经渗出了脓水。他一边抓挠一边说："我今天不得不坐在一件雨衣上，一直坐在那上面。厕所都漫出来了。星期六才冲厕所。"

他的声调像演戏那样夸张。我很想叫他闭嘴别说了，因为他好像很享受自己这种没有尊严的受害者的新角色，因为他不明白：警察允许他出来享用我们带去的食物该有多么幸运，那天晚上他在外面喝酒是多么愚蠢，而他被释放的几率是多么不确定。

在他被关进去的头一个星期，我们每天都去看他。我们坐着父亲那辆旧沃尔沃上路，因为我们觉得母亲那辆更旧的标致504在恩苏卡校区以外行驶不太安全。当我们驶过路上的警察岗哨时，我注意到父母的不同表现——难以捉摸，但确实不同。只要我们被粗野而贪贿的警察拦下检查，我父亲就不再滔滔不绝地说个没完了。他从不说起我们被警察延误了一个小时，就因为他不肯向他们行贿，也不提起警察拦下那辆巴士的事儿，当时我那漂亮的表姐奥杰奇正

① 原文为伊博语，指一种由木薯块茎粉做成的食物。

在那辆车上，他们把她一个人拽出车外，骂她是婊子，因为她有两个手机，又向她索要钱财，她在大雨中跪在地上求他们放她走，因为那辆巴士就要开走了。而我母亲也不再嘀嘀咕咕地抱怨了，这都是一种更广泛意义上的不适症状。我的父母都沉默不语了。他们不再有以往那种感觉，以为不再批评警察似乎就能让恩纳玛比亚早日获释。恩苏卡校区的高级警司曾用过“微妙”这词儿。恩纳玛比亚是否能尽快被释放，可能会是一件非常微妙的事情，尤其是埃努古警察局长上了电视，沾沾自喜地做了关于逮捕帮会分子的访谈节目之后。帮会分子的问题变得更突出了。接着阿布贾①的大人物也来事了。每个人都要出来做些什么。

第二个星期，我对父母说我们别再去看恩纳玛比亚了。我们不知道这样来来回回还得跑多少趟，再说每天在路上驱车三个小时，旅途成本也太高了，就让恩纳玛比亚自己照料自己也没什么坏处。

父亲惊讶地看着我，问：“你这话什么意思？”母亲冲我上下打量了一番，便朝门口走去，她说没人求我去那儿，在我无辜的兄弟受苦的时候，我大可以坐在家里什么都不做。她朝车子那儿走去，我跑着追过去，可是当我冲到外面，自己也不知道究竟要干什么，于是抄起红龙船花丛旁边的一块石头，掷向沃尔沃汽车的挡风玻

① 阿布贾，尼日利亚首都。

璃。挡风玻璃裂开了。我看见细细的裂纹像射线似的在玻璃上散开，然后转身上楼，将自己关在房间里躲避母亲的狂怒。我听到她在大叫大嚷。我听见父亲的声音。最后，一切都归于沉寂，我没有听见汽车发动的声音。那天，没人去看望恩纳玛比亚。这小小的胜利让我有点儿吃惊。

我们第二天去看他了。我们都没提起挡风玻璃上的裂纹，那散射的裂纹就像河面的涟漪冻成了冰花。那个皮肤很黑很讨人喜欢的值班警察问我们，为什么昨天没来，他已经在惦记我母亲的乔洛夫炒饭了。我原想恩纳玛比亚也会这样问，甚至会感到不快。但他却表现出一种奇怪的沉静，他这种表情我以前从未见过。他没有吃光眼前的那份炒饭。他的目光一直游移开去，看着院子那边一堆差不多全毁的汽车(都是一些事故车)。

“出什么事了?”我母亲问，恩纳玛比亚马上开口说话了，好像他就等着人家发问。他的伊博语说得很平稳，语气既不高也不低。前一天，他们牢房里塞进来一个老人，大约七十五岁上下，一头白发，满脸皱纹，身上有一种退休官员的老派清廉气质。他的儿子因抢劫武器被通缉，警察没抓到儿子就把他给关进来了。

“那人什么都没干。”恩纳玛比亚说。

“可你也什么都没干。”母亲说。

恩纳玛比亚摇摇头，好像说她没听懂。接下来的几天里，他变得更压抑了。他的话少了，而且大部分话题都跟那个老人有关：他没有钱，买不起洗澡水，别人都拿他取乐，或是污蔑他把儿子藏起来了，牢房老大对那老人根本不屑一顾，而老人看上去非常害怕，显得那么弱不禁风。

“他知道儿子在哪儿吗？”母亲问。

“他已经四个月没见到儿子了。”恩纳玛比亚说。

父亲也说了一些看法，他说不管那老人是否知道儿子的下落都与案件无关。

“当然啦，”母亲说，“这么做是不对的，但警察一直都是这么做的。如果他们找不到要抓的人，就会把他的父母或亲戚给关起来。”

父亲的膝盖轻颤了一下——那是一个不耐烦的表示。他不明白母亲为什么要提起这个显而易见的事实。

“这人生病了，”恩纳玛比亚说，“他的手一直在颤抖，睡觉的时候也在抖。”

父母都沉默了。恩纳玛比亚拧上保暖瓶盖子，转身对父亲说：“我想把这些东西给他吃。可是如果拿进牢房，那个阿巴查将军会夺走的。”

我父亲走过去询问那个值班的警察，是否允许我们见一下恩纳玛比亚牢房里的那个老人，就几分钟。这回当班的是一个尖酸刻薄的浅肤色警察，母亲每次把贿赂他的炒饭和钱塞过去，他从来都没一个谢字。这会儿，他嘲笑我父亲说，让恩纳玛比亚出来已经足以让他丢掉饭碗了，而我们居然还想把另外一个人也弄出来，我们以为这是寄宿学校的家长访问日？难道我们不知道这里是关押犯罪分子的高度防范之处？父亲回来了，坐下叹了口气，恩纳玛比亚沉默地抓挠着他的疱疹。

第二天，恩纳玛比亚只是略微动了一下自己那份炒饭。他说起，警察说要清洁牢房，用掺了除垢剂的自来水冲刷牢房地面和墙壁，那老人买不起洗澡水，有一个星期没洗澡了，这时急忙冲进牢房，脱下衬衫躺到地上用那些带有除垢剂的水擦拭自己羸弱的背脊。警察看了都哈哈大笑，他们逼他脱光全身衣服到外面走廊上去游行示众，然后又大声笑着说，他那个贼骨头儿子知不知道他老爹的阴茎都皱缩干瘪了。恩纳玛比亚说到这些，目光凝视着橘黄色的炒饭，当他抬起头来，我看到我兄弟的眼里噙满泪水——我这俗不可耐的兄弟——我的心里对他涌起一股柔情，我自己也说不清这是为什么。

两天后，校区又发生了一起帮会杀人事件：一个男孩在音乐系大楼前用斧头砍了另一个男孩。

“这样好。”我母亲说，她和我父亲正要再次去拜访恩苏卡的高级警司。“他们现在可不能说帮会男孩都被一网打尽了。”我们那天没去埃努古，因为我父母在警司那儿逗留的时间太长了，但他们回来时带来了好消息。恩纳玛比亚和那个酒吧招待很快就会被释放。那些帮会男孩中有一个是警察的线人，他坚持说恩纳玛比亚不是帮会成员。那天早上我们比平时离家要早，没有带乔洛夫炒饭，太阳已是热辣辣的了，车窗玻璃全都被摇下来了。母亲一路上显得紧张不安。往常她总是时不时提醒父亲，“小心啊！”好像父亲没看见另一条车道上的车子在危险地转弯，这回她更是不停地这样嚷嚷，以至于我们还没有走到“九英里”的地方(那儿沿街叫卖的小贩总是蜂拥而上，端着盛满熟鸡蛋和腰果的托盘围住汽车)，我父亲就停下车发起火来，“到底是谁开车啊，乌佐奥玛卡？”

那个布满了建筑物的院子里，两个警察正在伞形树下抽打一个躺在地上的人。一开始，我心头一紧，以为那是恩纳玛比亚，但不是他。警察每抽打一下，躺在地上的男孩就蜷曲着身子叫喊一声。我认识这男孩，他叫阿波依，长着一张猎狗似的脸，阴沉而丑怪，经常驾着一辆雷克萨斯出入校区，据说他是“皇家海盗帮”的。我们进去时，我竭力不去看他。那值班警察脸颊上有一个部落标志的刺青，每次接过贿赂物品，他总会说一声“上帝保佑你”，这回一看见我们，他眼睛就瞟开去了。一阵刺痒爬过了我全身的皮肤。我知道事情不妙。我父母把警司的通知交给他。那警察没有看通知。他知道释放的命令，他告诉我父亲，那个酒吧男孩已经释放了，但这个男孩的事情有点儿复杂。我母亲嚷起来："这个男孩？你这是什么意思？我儿子在什么地方？"

那个警察站起来。"我让我的上级来向你们解释。"

母亲冲过去，一把揪住他的衬衫。"我儿子在哪儿？我儿子在哪儿？"父亲把她拽开，那警察掸了掸自己的衬衫，怕被她弄脏了似的，然后转身走了。

"我儿子在什么地方？"父亲的声音是那么平静，却像钢铁般掷地有声，那警察站住了。

"他们把他带走了，先生。"他说。

"他们把他带走了？"我母亲打断了他的话。她一直在大叫大嚷。"你说什么？你们杀了我儿子吗？你们杀了我儿子？"

"我的上司说，你们来了就去传唤他。"那警察说，这回说完便转身匆匆走出门去。

他离开后，我感到一阵透心凉的恐惧，差点要像母亲那样追上去揪住他的衬衫，让他交出恩纳玛比亚。警察头儿来了，我仔细观察他脸上那种不露声色的表情。

"你好，先生。"他跟我父亲打招呼。

"我儿子在什么地方？"父亲问。母亲在一边喘着粗气。事后我才意识到，就在那一刻，我们三个各自都在怀疑恩纳玛比亚已经被彪悍的警察打死了，而这个人要做的事情就是编一个说得过去的谎言来告诉我们恩纳玛比亚的死因。

“他没什么事儿，先生。我们把他转移了。我现在就带你们去见他。”那警官好像有些惴惴不安，他的面部表情依然一片空白，但他不敢跟我父亲的视线相接。

“把他转移了？”

“我们今天早上接到释放的命令，但当时他已经被转移了。我们没有巡逻队，所以我就在这儿等候你们过来，这样我们可以一起去他那边。”

“他在什么地方？”

“另一个地方。我会带你们去那儿的。”

“为什么要把他转移走？”

“当时我不在这儿，先生。他们说他昨天犯了监规，于是就被带到一号牢房去了，后来，所有一号牢房的人都被转移到另一个地方去了。”

“他犯了监规？你这是什么意思？”

“我当时不在这儿，先生。”

我和那警官并排坐在后座。他身上散发着某种陈年的樟脑丸气味，我母亲的箱子里似乎永远都有那种气味。一路上，除了他向我父亲指路外，我们没有任何交谈，十五分钟后，我们就到了，父亲把车开得飞快，我的心跳也一样急促。那是一个小院子，像是荒废已久，里面长着一丛丛过于茂盛的野草，到处都是废酒瓶、塑料袋和纸片。那警官没等我父亲停稳车子就打开车门冲了出去，我又一次感觉到了恐惧的寒意。我们所在的这个地方，路面没有铺沥青，也没有路牌和警察局的标志，空气中一片沉寂，一种让人感到陌生的荒凉。但那警官出来时带着恩纳玛比亚。正是他，我那英俊的兄弟，向我们走来了，看上去几乎没变样，但他走近我们，母亲拥抱他时，我看见他畏缩着向后退了一步，他左胳膊上满是鞭痕，只是看上去不那么显眼，鼻子上还有结痂的血块。

“噢，我的儿啊，他们为什么把你打成这样？”母亲问他。她转向那个警官。“你们的人为什么要这样对待我儿子？”

那人耸耸肩，他的举止中有了一种傲慢，看上去，他起先似乎也并不清楚恩纳玛比亚是否安然无恙，可现在他得说几句了。“你们没有把孩子管教好，你们觉得自己很了不起，因为在大学里工作。你们的孩子犯了事，你们觉得他们不应该受到惩罚。你很幸运呐，太太，非常幸运，他们把他给放了。”

我父亲说：“我们走。”

他打开车门，恩纳玛比亚上了车，我们开车回家了。一路上，父亲没有在任何一个检查站停留。在一处岗哨前，一个警察举枪示意，试图胁迫我们停下来，但我们飞快地过去了。途中母亲只说了一句话。她问恩纳玛比亚，是否要在“九英里”那儿停下来买一些点心？恩纳玛比亚说不要。我们到达恩苏卡时，他才开口说话。

“昨天，那些警察来问那个老人，他要不要来一桶不用花钱的水。他说好的。于是他们就逼他脱下衣服顺着走廊走过去。我牢房里的那些人都大笑起来。但也有些人说，不能这样对待一个老人。”恩纳玛比亚停了下来，他的眼神有些游离。“我冲着那些警察大喊。我说这老人是无辜的，他身体有病，如果他们一直把他扣留在这儿，他们永远都别想找到他儿子。他们叫我马上闭嘴，否则就把我弄到一号牢房去。我不在乎。我就是不闭嘴。于是他们就来把我拖出去，揍了我，然后把我带到了一号牢房。”

恩纳玛比亚说到这儿不说了，我们也不再问他什么。我脑子里想象着他扯着嗓门高声咒骂那些警察的情形，骂他们是蠢货、白痴、没有脊梁骨的软蛋、虐待狂、狗杂种，我还想象着那些警察大吃一惊的样子，那个牢房老大也张大嘴巴，一脸惊愕，而其他狱友都被这英俊的大学男孩的胆大妄为吓得目瞪口呆。我还想象，那老人带着令人惊讶的自尊，平静地拒绝脱下自己的衣服。恩纳玛比亚没有说起自己在一号牢房的遭遇，也没有说起被转移到新监舍以后的情形，在我想来，那是让人稍后就消失的地方。我那漂亮的兄弟，本来很容易将这段人生故事大肆夸张渲染，但他没有。

赝　品

听说丈夫有了女朋友的消息，恩柯姆直愣愣地看着起居室壁炉架上那个两眼鼓凸而斜视的贝宁①面具。

“她真的很年轻，二十一岁的样子，”她的朋友伊杰玛玛卡在电话里说，“她留着短短的鬈发——你知道，就是那种很紧的小卷儿。不是蓬松的大卷。我想那是用定型剂做出来的效果。我听说现在年轻人都喜欢用定型剂。我本来都不想告诉你这档子事，我知道男人，也知道他们那德性，不过我听说那女人都住进你家里了。这就是你嫁给有钱人的后果。”伊杰玛玛卡停了一下，恩柯姆听见她吸了一口气——有意识地弄出一种夸张的声音。“我是说，奥比奥拉是个好男人，当然啦，”伊杰玛玛卡继续道，“可是把女朋友带进你们家里？太不尊重人了。那女人开着他的车在拉各斯四处兜风。我亲

① 贝宁，这里指西非历史上埃多人建立的贝宁王国，其领土包括今贝宁共和国和尼日利亚西南部的部分地区。尼日利亚本代尔州首府贝宁市曾为贝宁王国的主要城市，本篇提到的贝宁面具即产于此地。这种面具通常是木雕或牙雕工艺品，也有用其他材料制作的。

眼看见她在阿沃洛沃路上开着那辆马自达。”

“谢谢你告诉我这件事。”恩柯姆说。她想象着伊杰玛玛卡扭歪的嘴巴，就像一只吮干汁水的橘子，一张能说会道却让人厌烦的嘴巴。

“我一定得告诉你，否则朋友是用来做什么的？我还能为你做些什么？”伊杰玛玛卡问，恩柯姆不明白她把高音落在“做”字上是不是有些幸灾乐祸。

随后的十五分钟里，伊杰玛玛卡开始聊起她回尼日利亚的见闻，自从她上一次回去过后，物价怎样飞涨——甚至吃的现在都贵得要命。沿街拦客叫卖的孩子是如此之多；通往她的家乡三角州①的主要道路又是怎样大片大片地被侵蚀。恩柯姆听着，适时发出啧啧的叹息。她没有提醒伊杰玛玛卡，她自己几个月前刚回过老家，就在圣诞节。她没有告诉伊杰玛玛卡她的手指都麻木了，她真希望伊杰玛玛卡没有打这个电话来。最后，她挂电话前向伊杰玛玛卡许诺说，她会在某个周末带着孩子们去新泽西看望伊杰玛玛卡——她知道自己根本不会兑现这个承诺。

她走进厨房，给自己倒了一杯水，然后就搁在桌上没去动它。她回到起居室，凝视着那个贝宁面具，它那紫铜色的抽象的五官都

① 三角州，尼日利亚西南部的一个州。

显得太大了。她的邻居说这玩意儿“高贵”，出于这种趣味，那对夫妇就在两幢房子里收藏起非洲艺术品了，他们过于热衷此道，将就着收罗了一些不错的仿制品，其实他们总是在津津乐道地谈论发现真品有多难。

恩柯姆想象着四百年前贝宁人雕刻面具原物的情形。奥比奥拉告诉过她，面具用于王室庆典仪式，人们将这些面具放置在王位两侧用以辟邪。只有经过特别挑选的人才能保管面具，也就是那些人，负责在国王去世时取来新鲜的人头用于殉葬。恩柯姆想象着那些威风凛凛的年轻人，那些肌肉强健的壮汉，棕色皮肤上闪烁着棕榈核油的光泽，围着优雅的缠腰布。她想象着——这是她自己的想象，因为奥比奥拉没说过这个——那些威风凛凛的年轻人，祈祷着别让自己去砍下陌生人的脑袋为国王殉葬，祈祷着他们也能用这面具来保护自己，祈祷着也有他们说话的份儿。

她和奥比拉奥刚来美国时她就怀孕了。这幢房子是奥比拉奥租来的，以后打算买下来，这儿闻上去有一股新鲜的气息，就像绿茶似的，短短的车道上铺着厚厚的砾石。我们住在费城附近秀美宜人的郊区，她在电话里告诉拉各斯的朋友。她把自己和奥比拉奥在自由钟附近拍的照片寄给朋友，在照片背后骄傲地写上“这是美国历史上非常重要的地方”，并随照片附上了记述秃子富兰克林 · 本杰明事迹的光滑闪亮的宣传册。

她在樱桃木巷的邻居全是一些浅色头发、身材瘦削的白种人，他们走过来，自我介绍一番，然后问她有什么需要帮助的——办驾照、装电话、找维修工，任何事他们都能帮忙。她不介意自己的口音、自己那种异乡人的样子使得她在他们面前显得很无助。她喜欢他们，喜欢他们的生活。奥比拉奥经常把这种生活说成是一种“塑造”。不过，她知道，他也想让自己的孩子像那些邻居的孩子一样，他们的孩子会把食物倒在垃圾筒里，说是“坏了”。在自己的生活中，在自己的童年时期，什么食物都是一把抓起来就吃下去的，不管是什么。

奥比拉奥在这儿只待了最初的几个月就离开了，邻居们一开始没有问起他，后来就开始问了。你丈夫去哪儿了？出什么问题了吗？恩柯姆说没事儿啊，挺好的。他在尼日利亚和美国两头住，他们两处都有家。她见对方眼里带有怀疑的神色，知道他们心里想的是那种在佛罗里达和蒙特利尔有另外一个家的夫妇，夫妇各自在跟别人同居。

她把邻居们的好奇告诉了奥比拉奥，他听了大笑起来。他说那些白人就喜欢这样。如果你做事的方式跟他们不一样，他们就认为你不正常，好像只有他们的方式才是唯一可行的。其实，恩柯姆知道许多尼日利亚夫妇终生都是厮守在一处，可她什么都没说。

恩柯姆一只手拂弄着贝宁面具半球形的金属鼻子。这是最好的仿制品，几年前奥比拉奥买来时说过。他告诉她，那些英国人在十九世纪后期①的“讨伐远征”中怎样劫走了那些面具原物，英国人用“远征”和“平定”这样的字眼来形容杀戮和劫掠。那些面具——有数千个之多，奥比拉奥说——都被称为“战利品”，现在陈列于世界各地的博物馆。

恩柯姆拿起面具往脸上套，它是凉冰冰、沉甸甸的，毫无生命气息。可是，奥比拉奥说起这个面具，以及所有别的物件，就像它们是有呼吸和体温的东西。去年，他买了那个诺克②赤陶俑摆在过道的桌子上，他告诉她，这原先是古代诺克人用来祭祀祖先的，他们把这些陶俑放在神龛里，供上少量食物。后来英国人把大部分陶俑都装车运走了，还跟当地人（奥比拉奥说那些人都是新皈依的基督徒和没脑子的蠢货）说那些俑人是异教徒。我们从来都不欣赏自己拥有的东西——奥比拉奥经常要说起那个愚蠢的政府首脑跑到拉各斯国家博物馆，强迫馆长将具有四百年历史的半身俑人给他，然后转手作为礼物送给英国女王的故事，之后总是用这样一句话来收尾。有时候，恩柯姆会怀疑奥比拉奥讲的是否属实，但她只是听

---

① 英国人占领并洗劫贝宁城是在一八九七年。

② 诺克，尼日利亚中部乔斯高原及其周围地区的石器时代过渡到铁器时代的文化，其繁盛时期约在公元前500至公元200年，因在乔斯城西南的诺克村首先发现而得名。赤陶俑是诺克文化的代表遗存之一。

着，因为他说起这些时激情四射、两眼放光，好像马上就要放声大哭。

她不知道他下个星期会带什么东西回家，她已经开始期盼那些艺术品了，想要触摸它们，想象着它们的原物，想象着它们背后的生命。下个星期，她的孩子会再一次嚷嚷着“爸爸”——对着一个活人，而不是电话听筒里的声音，她晚上醒来时会听见身边的鼾声，会看到卫生间里另一条毛巾有人在使用。

恩柯姆瞟了一眼有线电视解码器上的时间。离接孩子还有一小时。她的女佣阿玛埃奇将整个窗帘细心地拉开几条缝儿，漫射进来的阳光在正中间搁着水杯的桌上投下一个长方形的黄色光影。她坐在皮沙发边上，环视着起居室，想起有一天来为他们换灯罩的那个“伊桑家居”的送货员。“你们买下的这个房子非常棒，太太。”他说，带着美国人那种好奇的微笑，那意思像是自信自己有朝一日也会拥有这样的东西。这是她开始喜欢的美国印象中的一项——毫无来由地充满希望。

起初，她刚来到美国就怀上了孩子，感到非常骄傲，非常兴奋，因为她加入了一个让人羡慕不已的行列——**妻子来美生子的尼日利亚富人阶层**。接下来，得知他们租用的房子也可以买入。抄底价，奥比拉奥说，当时他还没有跟她说我们要买下这房子。她很喜欢听他说“我们”，好像她真的也有发言权似的。而她也很高兴，他们又进入了另一个行列——**拥有美国房产的尼日利亚富人阶层。**

他们从来没有认定她在孩子们的事情上有发言权——阿达娜出生三年后又生了奥凯。事情就是这样。有了阿达娜后，一开始她并不亲手照料孩子，她去修了一些电脑课程，因为奥比拉奥说这是个好主意。奥比拉奥给阿达娜注册了一家幼儿园，当时恩柯姆又怀上了奥凯。后来，他找到了一家很不错的私立小学，他对她说他们的运气不错，那学校离家很近。开车送阿达娜上学只需十五分钟。她从来没有想象过自己的孩子能去学校念书，跟白人孩子并排坐在一起，而那些白人孩子的父母都拥有清寂的山庄别墅，她从来没有想象过这样的生活。所以她什么都没说。

头两年里，奥比拉奥几乎每月回家一次，而她和孩子们则在圣诞节回国。后来，当他终于签下一份政府采购大单时，他决定只在夏季来美国。住两个月。他不能经常这样旅行，他不想冒着失去政府采购大单的风险。而那些政府采购大单也一直都源源不断。他被列入尼日利亚最有影响力的五十位商界人士名单，他给她寄来《新观察》杂志上刊发照片的那一页，她把它和剪报一起放在文件夹里。

恩柯姆叹了口气，她用手捋着自己的头发。感觉头发太厚密，太老派。她打算明天去买些修发乳，做出发梢绕着脖颈周围翻翘的效果，这是奥比拉奥喜欢的发式。她打算星期五用热蜡脱毛剂将阴毛弄得纤薄些，那是奥比拉奥喜欢的模样。她出了房间走到门厅，踏上宽大的楼梯，然后又下楼走进厨房。她和孩子们在拉各斯老家过圣诞节的三个星期里，她每天都这样穿过房间走动。她可能会去嗅一下奥比拉奥壁橱里的气味，用手抚弄着他的科隆香水瓶，把疑惑排出脑海。有一次圣诞节前夜，电话铃响了，恩柯姆接过电话时那边却挂断了。奥比拉奥笑着说："肯定是年轻人的恶作剧。"而恩柯姆也跟自己说，可能是某个年轻人的恶作剧，或者，更好的情况是，人家只是拨错了号码。

恩柯姆回到楼上，走进卧室，闻到一股刺鼻的来苏水气味，那是阿玛埃奇用来清洗瓷砖的。她凝视着镜子里自己的脸，她的右眼比左眼小。"美人鱼的眼睛。"奥比拉奥这样说。他认为，是美人鱼，而不是天使，是最美丽的造物。她的脸总会引得人们说——多完美的椭圆形啊，真是毫无瑕疵的深色皮肤——然而，奥比拉奥称她的眼睛是美人鱼的眼睛，让她感到了一种新的美丽，好像这种赞美给了她一双新的眼睛。

她拿起剪刀，举到头上，这把剪刀是用来给阿达娜头上扎的缎带剪出整齐的锯齿边的。她扯起一绺头发，剪刀贴着头皮，只在发根那儿留下大拇指甲那点长度，这足够用定型剂做成卷儿了。她看着头发飘落下来，像棕色的云片飘落在洁白的水槽里。她又剪下一些。丝丝绺绺的头发飘落下来，像烧焦了的飞蛾翅膀。她继续修剪。更多的头发飘落下来。有些落到了她眼睛里，刺痒刺痒的。她打了个喷嚏。她闻到今天早上自己搽抹的保湿霜的气味，想起她碰到过的一个尼日利亚女人——伊菲因瓦还是伊菲奥玛，她这会儿想不起来了——那是在戴拉瓦尔的婚礼上，她丈夫也住在尼日利亚，她留着短发，不过她的头发是天然的，没用修发乳，也没用定型剂。

那女人怨毒地说起“我们的男人”，很熟稔的口气，好像恩柯姆的丈夫和她的丈夫有着某种关联似的。我们的男人喜欢让我们待在这儿，她对恩柯姆说。他们来这儿是打理生意或是休假，他们把大房子和汽车留给我们和孩子，他们给我们找了尼日利亚女佣，这样我们不必按美国的标准支付她们工钱，他们说做生意还是在尼日利亚更好，等等。可你知道为什么他们不想住在这儿，尽管这里的商业环境更好？因为美国不承认“大人物”。在美国，没人围着他们“先生！先生！”地恭维，没人会在他们落座前冲过去掸去座椅上的灰尘。

恩柯姆曾问那女人是否打算搬回国内去，那女人转过身，翻着眼睛，好像恩柯姆得罪了她。我怎么能再回尼日利亚去？她说。你在这儿待久了之后，你就不是原来的你了，你不再像尼日利亚人了。我的孩子怎么能融入那种环境？恩柯姆尽管不喜欢那女人修剃得过于整齐的眉毛(显着一副厉害相),可她明白她的意思了。

恩柯姆放下剪刀,唤阿玛埃奇进来收拾。

“太太!”阿玛埃奇尖声叫喊起来,“你干吗要剪头发呀?出什么事了?”

“难道我剪头发之前非得发生什么事吗?把头发收拾掉吧。”

恩柯姆走进自己的房间。凝视着盖着平滑的苏格兰佩斯利旋涡花纹呢床罩的大床。尽管阿玛埃奇有一双能干的手,也掩饰不了这张床另一边无人睡过的平整,事实上,那一边一年之中只使用两个月。奥比拉奥的邮件整整齐齐地叠放在他的床头柜里,还有那种办过预授信的信用卡、“亮视点”①的小广告。这些东西让人知道,他确实生活在尼日利亚。

她走出房间,站在卫生间门口看着阿玛埃奇清理那些头发,她恭敬地把那些棕色发绺扫进一个畚箕。好像那些头发都带有某种神意。恩柯姆希望她别责备自己。自从她家用了阿玛埃奇,太太和女仆之间的界限这些年来非常模糊。美国就是这么教你的,她想。美国迫使你平等待人。再说,除了那两个蹒跚学步的孩子,你都没有个可以说话的人,于是你转向你的女佣。还没等你明白过来,她就成了你的朋友。你们是平等的。

---

① 亮视点,美国眼镜行业最大的零售商。

“我心里不痛快。”过了一会儿，恩柯姆说，“对不起。”

“我知道，太太，我从你脸上看出来了。”阿玛埃奇说着笑了。

电话铃响了，恩柯姆知道是奥比拉奥。别人不会这么晚打来电话。

“亲爱的，你好吗？”他说，“对不起，早些时候我没法打电话。我刚从阿布贾回来，和部长们在一起开会。我的航班延误了，半夜才到。现在快凌晨两点了。你都不敢相信吧？”

恩柯姆发出了同情的声音。

“阿达娜和奥凯都好吗？”他问。

“他们都挺好，都睡了。”

“你病了吗？你没事吧？”他问，“你的声音怎么听上去怪怪的。”

“我没事。”她知道应该向他汇报一下孩子们的情况，通常他电话打来晚了她总会说到孩子们。但她的舌头似乎肿胀了，沉重得无法让语言流淌出来。

“今儿天气怎么样？”他问。

“热起来了。”

“最好在我来之前别再热起来，”他说着笑了起来，“我订了今天的航班。我都等不及要见你们了。”

“你？——”她正想说什么，但他打断了她。

“亲爱的，我要走了。有个电话进来了，是部长的私人助理，约好这会儿通话！我爱你。”

“我爱你。”她说——对方已经挂断了电话。她试着想象奥比拉奥的模样，但她想象不出来，因为她不清楚他是在家里，还是在汽车里，或是别的什么地方。接着她又想到，不知道他是独自一人，还是跟那个短鬈发的女孩在一起。她的思绪萦绕着尼日利亚家里的那个卧室，她的，她和奥比拉奥的卧室，每个圣诞节她都觉得它像旅店的房间。那女孩挟着枕头睡觉吗？那女孩呻吟着在往车内镜里窥视？那女孩踮着脚尖走到卫生间，就像当年她自己还是未婚女孩时，和已婚的男友趁他老婆外出的周末约会时那样？

她在奥比拉奥之前有过几个已婚男友——拉各斯哪个单身女孩没有过？他叫伊凯纳，是个商人，为她父亲的疝气手术支付了费用。唐济，是退休将军，曾为她父亲家修补屋顶过出力，后来又为她家买了第一对真正的沙发。她原本有可能被他娶为第四个太太——他是穆斯林，可以向她提出求婚的——这样他就可以为她的弟弟妹妹支付学费了。毕竟，她是老大，这个想法让她感到羞耻，比挫败感还让她难堪，因为她没有担负起一个大女儿应该承担的责任，她的父母仍在骄阳似火的农庄卖苦力，她的弟弟妹妹仍在停车场上叫卖面包。但唐济没有向她提出求婚。接下来又有了别的男人，那些夸她有着婴儿般皮肤的男人，那些给过她短暂施舍的男人，那些因为她就读的是秘书学校（不是大学）而不会向她求婚的男人。因为尽管她有一张完美的脸，却仍然会搞错英语时态；因为她仍然（本质上）是个粗鄙的女孩。

后来，她在一个下雨天遇到了奥比拉奥，当时他走进广告公司的接待区，她向他微笑着说："早上好，先生，需要我帮你做什么？"而他说："需要啊，请让雨停下来。"美人鱼眼睛，这是他这么称呼她的第一天。他不是像其他男人那样跟她到一处私密的屋宅去幽会，而是带着她去了公众场合，一个很热闹的名叫"潟湖"的餐馆去吃饭，在那儿谁都能看见他俩。他问了她家里的一些情况。他点了酒，她尝着有点酸，他跟她说："你以后会喜欢的。"就这样，她很快就让自己喜欢上了那种酒。她一点都不像他那些朋友的妻子，那些女人去过国外，彼此常在哈罗德百货商店购物时碰面，而她屏住呼吸等着奥比拉奥明白这一点，并离开她。但几个月过去了，他帮她的弟弟妹妹进了学校，在奥乔塔①，他把她介绍给划船俱乐部的哥儿们，让她走出自我封闭，在伊克贾②，他让她住进了带阳台的真正的公寓。当他问她愿不愿意嫁给他时，她以为这根本是不可能的事情，他竟向她求婚，而她本来仅仅听到这句话就非常幸福了。

---

① 奥乔塔，拉各斯市郊的一个地区。

② 伊克贾是拉各斯的一个岛，是该市比较繁华的地区。

恩柯姆现在感觉到一种强烈的占有欲，想象着那女孩躺在奥比拉奥怀里，睡在他们的床上。她放下电话，告诉阿玛埃奇她会马上回来，然后开车去沃尔格林①买了一盒定型剂。回到车里，她打开车灯，看着包装盒上那些女模特的图片，她们的头发都卷得紧紧的。

恩柯姆看着阿玛埃奇削土豆，看着薄薄的半透明的棕色土豆皮被削成螺旋状往下悬坠。

“看着点，你削得太薄了。”她说。

“以前我要是把山药皮削得太厚，我妈妈就把山药皮擦在我手上。那会让我痒上好几天。”阿玛埃奇说着笑了一下。她正把整个土豆切成四块。在老家，她也曾为了做炖蔬菜②削过土豆皮，可在这儿，在非洲商店里几乎找不到山药——真正的非洲山药，不是美国超市里当作山药出售的那种质地坚韧的土豆。那是仿制山药。恩柯姆想着，露出一丝微笑。她从未告诉过阿玛埃奇，她俩的童年非常相似。她母亲也许没有把山药皮擦到她手上，可当时几乎没有山药。只能找到什么吃什么。她记得母亲怎样捡来树叶(别人都不会吃这种东西)做成汤给他们吃，母亲非说那是可以吃的。对恩柯姆来说，那玩意儿难吃极了，总有一股尿臊味儿，因为她曾看见邻家

---

① 沃尔格林(Walgreens)，美国第二大药房连锁店。

② 一种西非菜肴，用各种蔬菜及山药或土豆做成。

男孩往那些植物根部撒尿。

“太太，你想用菠菜还是用干苦叶？”阿玛埃奇问。恩柯姆坐在那儿看她做饭时，她总是这样问。你要我用红洋葱还是白洋葱？要牛肉清汤还是鸡肉清汤？

“你喜欢用什么就用什么。”恩柯姆说。她接住了阿玛埃奇急速瞥向她的目光。恩柯姆一般总是说用这个或用那个。现在，她在想为什么她们要玩这种猜字谜游戏，为什么她们要做这种蠢事，她们彼此都知道阿玛埃奇在做菜方面比她精通多了。

恩柯姆看着阿玛埃奇在水槽里洗菠菜，看着她富有活力的肩膀，宽大而坚实的臀部。她想起了奥比拉奥带到美国来的那个羞怯而热切的十六岁少女，有好几个月都为洗碗机而着迷。奥比拉奥先是雇用阿玛埃奇的父亲当司机，给他买了摩托车，他说阿玛埃奇的父母感谢他的方式让他尴尬，他们跪在地上抱住他的双腿感谢他。

阿玛埃奇握着盛满菠菜的漏勺，抖去里面的汁水，这时恩柯姆说：“你那奥比拉奥先生有了女朋友，她已经住进拉各斯的家里了。”

阿玛埃奇的漏勺落到了水槽里。“太太？”

“你听见我说的了。”恩柯姆说。她和阿玛埃奇聊过孩子们模仿《小淘气》①里哪个人物最像，聊过“本大叔”②比替代了乔洛夫

---

① 《小淘气》，美国派拉蒙公司拍摄的系列动画片。

② “本大叔”，美国市场上出售的一种脱水速食米饭。

炒饭的印度香米要好，聊过美国孩子和长辈说话的口气就像跟平辈人说话一样。可她们从未聊起过奥比拉奥，除了在他回家时，讨论一下给他做些什么吃的，或者他的衬衫如何洗涤。

“你怎么知道的，太太？”阿玛埃奇终于问道，转过身看着恩柯姆。

“我的朋友伊杰玛玛卡打电话告诉我的。她刚从尼日利亚回来。”

阿玛埃奇大胆地看着恩柯姆，好像要逼她把自己的话收回去似的。“但是，太太——她的消息靠得住吗？”

“我肯定她不会在这种事情上跟我撒谎。”恩柯姆说着靠向椅背。她感到非常荒唐——想到她竟然要向别人保证她丈夫的女朋友已经住进她家里了。也许她应该怀疑一下，她本该想想伊杰玛玛卡酸溜溜的嫉妒，伊杰玛玛卡总有能让她崩溃的事儿要说。但和这件事情无关，因为她知道这是真的，一个陌生人在她的家里。她几乎能够感觉到，在她拉各斯的家里，在维多利亚花园城里，那里的邻居都住在高门深院的大宅里，把那儿当作自己的家。这才是家，这幢位于费城郊区的褐色房子，带有洒水装置，夏日里将水喷洒出完美的弧线。

“太太，下星期奥比拉奥先生回来时，你要跟他谈谈这件事。”阿玛埃奇带着一副听天由命的样子说，一边将植物油倒进锅里，

“他会让那女人搬出去的。这是不对的，不能让她住进你的家里。”

“那么，他让她搬出去之后，又怎么样呢？”

“你就可以原谅他了，太太，男人都是这样的。”

恩柯姆看着阿玛埃奇，看着她的脚，穿在蓝色的拖鞋里，那么坚实，那么稳定地踩在地上。“如果我对你说他有了女朋友，你会怎么说？不是说她搬进我家去住了，只是说他有了女朋友。”

“我不知道，太太。”阿玛埃奇避开了恩柯姆的眼睛。她把洋葱片放进嗞嗞作响的油里，回身去对付锅里的嘶嘶声了。

“你是不是觉得，奥比拉奥先生一直都有女朋友？”

阿玛埃奇翻炒着洋葱。恩柯姆感到她两手的抖动。

“这不是我该管的事，太太。”

“如果我不想和你谈这事儿，我就不会告诉你了，阿玛埃奇。”

“但是太太，你也知道的。”

“我知道？我知道什么？”

“你知道奥比拉奥先生有女朋友。你从来不问，可你心里知道。”

恩柯姆感到左耳有一阵不舒服的刺痛。知道，这是什么意思？真的吗？知道这事儿——难道她拒绝去想象一个具体的女人？难道她从来都不去想这种可能性？

“奥比拉奥先生是个好人，太太，他爱你，他没有拿你去赌橄榄球。”阿玛埃奇把锅子从炉灶上拿下来，眼睛直愣愣地看着恩柯姆。她的声音变得柔和了，几乎像是献媚。“许多女人都是好嫉妒的，也许你的朋友伊杰玛玛卡也是出于嫉妒。也许她不是个真正的朋友。这种事情她压根儿就不该告诉你。你不知道这种事情会更好。”

恩柯姆一只手梳理着自己短短的发卷，早些时候她用了定型剂和鬈发活化剂，效果显得有些僵硬。接着她站起来洗了洗手。她想同意阿玛埃奇的看法，这种事情不知道才是最好的，可是接下来，她又不那么肯定了。也许伊杰玛玛卡把这事儿告诉我不是坏事，她想。伊杰玛玛卡为什么会打电话已经不重要了。

“看着点土豆。”她说。

那天晚上，孩子们上床后，她拿起厨房里的电话，拨了十四位数的号码。她几乎从来不往尼日利亚打电话。奥比拉奥会打过来，因为他的 Worldnet 手机打国际电话信号很好。

“喂，晚上好。”那边是一个男人的声音。带着未受过教育的伊博语口音。

“我是太太，从美国打来的。”

“啊，太太！”那边的声音变得温和多了，“晚上好，太太。”

“你是哪位？”

“尤切纳，太太。我是新来的男仆。”

“你来多长时间了？”

“到现在有两个星期了，太太。”

“奥比拉奥先生在吗？”

“没有，太太。他还没从阿布贾回来。”

“家里还有其他人吗？”

“怎么说，太太？”

“家里还有别的人吗？”

“西尔维斯特和玛丽亚，太太。”

恩柯姆叹了口气。她当然知道那管家和厨师会在家里，这会儿尼日利亚已经是半夜了。但这个新来的男仆的声音听上去怎么有些犹豫啊，这个新男仆，奥比拉奥忘记告诉她了？那个鬈发女孩在那儿？抑或她和奥比拉奥一起去阿布贾办事了？

“家里还有别人吗？”她又问。

一阵停顿。“太太？”

“除了西尔维斯特和玛丽亚，还有别人在吗？”

“没有，太太，没有。”

“你肯定？”

一阵长长的停顿。“我肯定，太太。”

“好吧，告诉奥比拉奥先生，我来过电话了。”

恩柯姆很快挂断了电话。我变成什么人了，她想。我在向我丈夫的新男仆打探，我甚至都不认识他。

“你想喝点什么吗？”阿玛埃奇问，恩柯姆不知道这是不是表示同情的意思，她略显斜视的眼睛里闪着水汪汪的光泽。喝点什么已经成了她们的传统，她和阿玛埃奇的。这传统是从恩柯姆拿到美国绿卡那一天开始的，她在孩子们上床后，给自己和阿玛埃奇都倒上了酒。“为美国干杯！”她在阿玛埃奇过于响亮的笑声中说。她不必等到办理签证后再返回美国了，不必再去忍受美国大使馆那些居高临下的问题了。因为有了那张挺括的塑料卡片（照片上的她看上去绷着个脸）。因为她现在真的属于这个国家了，属于这个让人充满好奇心而凡事不加掩饰的国家，在这个国家里，你晚上开车出去不必担心遭遇武装抢劫，在这个国家里，餐馆里供应的一人份食物够三个人吃。

可是她确实错失了家庭生活，失去了她的朋友们，失去了她身边那些抑扬顿挫的伊博语、约鲁巴语跟英语混杂的声调。当大雪覆盖了街上的黄色消防栓时，她错失了拉各斯的阳光——即便下雨天，太阳也会明晃晃地照射下来。她有时会考虑迁居国内，但从未认真想过，从未作具体打算。她和邻居们一周两次去费城的一个普拉提①健身班做健美训练；为孩子上学烤制小饼干成了她最喜欢做的事情；她预计很快就能享受银行“免下车”服务。美国已经越来越赢得她的心，一来二去就植根于她的体内了。“好的，喝一点儿，”她对

① 普拉提，一种使用特殊器械以增强体力和灵活性，改进体态的健身训练方法。

阿玛埃奇说，“把冰箱里的酒拿出来，再拿两个杯子。”

恩柯姆没有用热蜡脱毛剂处理她的阴毛，去机场接奥比拉奥时她大腿之间没有任何变化。她看着后视镜，奥凯和阿达娜系着安全带坐在后座。他俩今天老老实实的，好像感觉到她的隐忍，她脸上没有一丝笑容。以往她去机场接奥比拉奥总是笑逐颜开的，拥抱他，看着他拥抱孩子们。通常他回来的第一天他们都在外面用餐，在墨西哥餐馆或是奥拉比奥想让孩子的菜谱更多元化的其他餐馆。奥比拉奥总是回到家里才拿出礼物，而孩子们会待到很晚才睡，玩着新玩具。而她总是搽上他为她新买的气味浓烈的香水，不管什么牌子的（上床用的），换上一年只使用两个月的蕾丝花边睡衣。

他总是对孩子们的事儿发出惊叹——他们喜欢的或是不喜欢的，尽管她在电话里把他们所有的事情都告诉他了。当奥凯带着一点小小的擦伤奔向他时，他吻着孩子，随之嘲笑起美国人亲吻伤处的奇怪习惯。唾沫能让伤口愈合吗？他会这样问。当他的朋友来访或打来电话时，他会让孩子喊叔叔，但首先，他会嘲笑朋友说：“我希望你别笑话他们说的夸张英语，他们现在是美国人了，噢！”

在机场，孩子们带着老一套的无所谓神态冲他喊道：“爸爸！”

恩柯姆看着他们。他们很快就会厌倦那些玩具和夏季旅行，开始向这个一年才见到没几次的父亲发问。

奥比拉奥吻过她的嘴唇后，往后挪了一下看着她。他的样子没变：小个子，浅色皮肤的普通男人，穿着昂贵的运动外套和紫色衬衫。“亲爱的，你好吗？”他问，“你剪了头发？”

恩柯姆耸耸肩，微笑着说，先关注一下孩子们。阿达娜拉着奥比拉奥的手问，爸爸带来了什么，她能不能在车上就打开他的箱子。

晚餐后，恩柯姆坐在床上查看着那个伊费①青铜头像，奥比拉奥告诉她，这是用真铜做的。这件裹着头巾的头像，有真人脑袋一般大小，上面锈迹斑斑。这是奥比拉奥带回来的第一件古物真品。

“我们得非常小心地照料它。”他说。

“一件真品。”她惊讶地叹道，用手抚弄着那脸上的一道道刻痕。

“有几件东西的历史可以追溯到十一世纪。”他坐在她身边，给她脱下鞋。他的声音很响，很兴奋，“不过，这一件是十八世纪的。很奇妙的东西。肯定很值钱的。”

“这玩意儿原来是做什么用的？”

“装饰国王的宫殿啊。这些东西大多是用来祭奠国王的，或是用于王室的某种礼仪。是不是很完美？”

“是啊，”她说，“我肯定他们制作这玩意儿时也做过一些可怕

① 伊费，尼日利亚西南部城市，公元十一世纪时由约鲁巴人所建。

的事情。”

“什么？”

“就像他们制作那个贝宁面具一样。你跟我说过，他们杀了人，拿人头为国王殉葬。”

奥比拉奥默默地凝视着她。

她用指尖敲着青铜头像。“你觉得那些人幸福吗？”她问。

“哪些人？”

“那些必须为了国王去杀人的人。我肯定他们希望自己能够改变一下这种方式，他们不会有幸福的。”

奥比拉奥歪着脑袋打量着她。“嗯，也许九百年前，他们确实没有像你现在所感受的那种‘幸福’。”

她把青铜头像搁到一边。她想问问他对“幸福”的定义。

“你干吗要剪头发？”奥比拉奥问。

“你不喜欢？”

“我喜欢你留长发。”

“你不喜欢短发？”

“你干吗要剪头发？是美国流行的新款式？”他笑了起来，脱下衬衫去淋浴了。

他的肚子看起来有些不一样了。圆滚滚，胀鼓鼓的。她不知道那些二十来岁的女孩怎么能够忍受自我放纵的中年人显而易见的岁月痕迹。她试图回忆自己曾经约会过的那些已婚男人。他们也有类似奥比拉奥这样鼓凸的肚子吗？她想不起来了。突然，她想不起任何事情，想不起她曾生活过的地方。

“我还以为你喜欢这种发式呢。”她说。

“你这张可爱的脸蛋配什么都好看，亲爱的，但我更喜欢你留长发。你应该再留长的。长头发看上去更优雅，更像大人物的太太。”他说到“大人物”，扮了个鬼脸笑了起来。

他这会儿裸着身子，正站起来，她看着他腹部的赘肉上下晃荡。以前，她会和他一起淋浴，跪下来把他含进嘴里，在蒸汽环绕中，在他的兴奋中兴奋起来。但现在，情况不一样了。她就像他的肚子一样软化了，变得圆滑而世故了。她望着他走进盥洗室。

“我们能把婚姻浓缩到每年夏天的两个月和十二月份的三星期里吗？”她问，“我们可以浓缩婚姻吗？”

奥比拉奥冲着马桶，把门打开。“什么？”

“没什么。”

“来和我一起淋浴。”

她打开电视，装作没有听见。她在想那个头发短短的鬈发女孩，不知道她是否和奥比拉奥一起淋浴。她试图想象，可就是想不出在拉各斯家里淋浴的那种情景。大量的镀金装饰物——但她也许把家里的盥洗室和某个宾馆的盥洗室搞混了。

“亲爱的，来跟我一起淋浴。”奥比拉奥说着把盥洗室门打开一条缝。他已经有一两年没提这种要求了。她开始脱衣服。

淋浴时，她一边给他后背抹皂液，一边说：“我们必须在拉各斯给阿达娜和奥凯找一所学校了。”她事先并没有这个想法，但这似乎顺理成章地成为她一直想要说的。

奥比拉奥转过身，瞪着她。“你说什么？”

“这个学期结束后，我们搬回国内吧。我们搬回拉各斯。”她慢慢地说着，为了让他确信，也为了使自己确信。奥比拉奥还是瞪着她，她知道他从来没听见她提过要求，从来没听见她表明过自己的立场。她模模糊糊地想到，自己当初吸引他的地方，不知是不是就是这个——她听命于他，她的事情也由他说了算。

“我们可以在这里度假，一起度假。”她说。她强调了“我们”。

“什么……？为什么？”奥比拉奥问。

“我想知道家里怎么会雇了一个新的男仆。”恩柯姆说，“再说孩子们需要你。”

“如果这就是你想说的，”奥比拉奥终于开口说，“我们可以谈谈。”

她轻轻地把他的身子扭过去，继续往他背上抹皂液。没什么可谈的了，恩柯姆知道。事情就这样了。

个人感受

奇卡先从窗口爬进那家商店，扳起遮阳板，那女人便跟在她后面爬进来了。看上去这家店铺似乎在骚乱开始前就好长时间没人打理了，一排排木制的空货架上铺了一层黄黄的尘土，墙角那儿码放着一堆金属罐。这家店铺很小，比奇卡家里的走入式衣橱还小。那女人进来后，奇卡松开手，遮阳板发出嘎吱的响声。奇卡的手颤抖起来，因为穿着高跟凉鞋从市场那边一路颠簸着跑过来，跑得腿肚子都冒火了。她想谢谢那女人，因为自己正要逃窜时，她冲她大喊："别跑这条路！"然后就领着她跑到这家空荡荡的店铺来藏身。可是还没等她开口道谢，那女人伸出手摸了摸自己光溜溜的脖子说："我把项链跑丢了。"

"我所有的东西都跑丢了，"奇卡说，"我正在买橘子，立马扔下橘子和手提包就跑。"她没有说自己的手提包是"博柏利"①，

---

① "博柏利"(Burberry)，又译"巴宝莉"，英国的一个奢侈品品牌。

是她母亲最近去伦敦时买的原装货。

那女人叹了口气，奇卡猜想她是想到了自己的项链，也许那只是塑料珠子串起的项链。甚至毋需根据那女人浓重的豪萨口音，奇卡就能断定她是北方人，她窄窄的脸形、当地人少有的高颧骨，都显示出北方人的特征，而且她还是个穆斯林，因为那条头巾。此刻，那条头巾挂在她的脖子上，而这之前也许是松松地裹在脸部周围，包住了耳朵。这是一条长而轻薄的头巾，粉红与黑色相间，点缀着俗气而漂亮的廉价装饰物。奇卡不知道这女人是否也在这样打量她，如果这女人能开口陈述，应该这么说：从她淡淡的肤色和她母亲坚持要她戴在手上的银色玫瑰念珠戒指来看，她是个伊博人，是个基督徒。事后，奇卡会知道，在她和这个女人交谈时，豪萨的穆斯林正在用大弯刀砍杀伊博的基督徒，用石头砸他们。但现在她说的是："谢谢你喊了我一声。事情来得太快了，所有的人都跑了，突然只剩我一个，我都不知道该怎么办了。谢谢你。"

"这地方挺安全。"女人的声音很柔和，像是在说悄悄话，"他们不会冲进这种小店，他们只会冲进那种大店和市场。"

"是啊。"奇卡说。其实她没有理由认同这种说法，也没理由不认同，对于骚乱她一无所知：她碰上的最像是骚乱的事情是几星期前大学里的一次支持民主的集会，当时她举着一面鲜艳的绿色旗帜和大家一起高呼:“不要军队！不要阿巴查①！我们要民主！”再说，如果不是她姐姐恩奈迪是组织者之一（她总是从一个宿舍跑到另一个宿舍去散发传单，告诉学生们“发出自己的声音”的重要性），她也不会去参加那种集会。

奇卡的双手还在发抖。刚刚半小时前，她还跟恩奈迪一起在市场里。她在买橘子，恩奈迪跑到前面去买花生了，随后就传来英语和豪萨语、伊博语混在一起的叫喊声：“骚乱啦！出大事啦！他们杀了一个人！”她周围的人全都撒丫子跑了，人推搡着人，装满山药的手推车被掀翻了，刚才拼命砍价买下的蔬菜也撒了一地，被踩得稀巴烂。随着一股汗臭味儿，奇卡嗅到了恐惧的气息，她便跟着跑开了，跑过宽阔的街道，冲进这条窄巷，心里怕得要命，直到遇见这个女人之前，处处险象环生。

她和这个女人在店铺里默不作声地站了一会儿，从她们刚才爬进来的窗口往外张望，窗板在嘎吱嘎吱地摇晃。起先街上悄无声息，但后来她们听到有人跑动的声音。她俩马上本能地挪开身子，离窗子远一些，但奇卡还是瞥见窗外走过一个女人和一个男人，女人紧紧扯着拖到膝盖上的纱巾，身上还背着个孩子。男人语速很快地说了一句伊博语，奇卡听见他在说：“她没准跑到叔叔家去了。”

---

① 阿巴查(1943—1998)，尼日利亚军方首领，一九九三年至一九九八年任尼日利亚国家元首。

“关上窗。”这女人说。

奇卡关上窗，街上的空气流不进来，她看见屋子里突然变得尘埃滚滚。房间很封闭，一点都闻不到外面街上的气味——时值圣诞期间，人们把死山羊扔进火里焚烧，烧焦的皮毛散发出天蓝色的烟雾。她刚才一路稀里糊涂地跑来，不知道恩奈迪朝哪个方向跑了，也不知道跑在她身旁的男人是朋友还是敌人。她不知道是否应该停下来搀起那个与母亲跑散了的可怜巴巴的孩子，甚至也不知道是什么人跟什么人干起来了，或是什么人杀了什么人。

过后，她会看到那些被焚烧的汽车，车窗和挡风玻璃上那些被砸裂的窟窿，她会想象这个城市各处都有汽车被焚烧，就像一堆堆野餐篝火，沉默地见证着这一切。她将获悉，所有的一切都起因于那个停车场，当时有个男人开车碾到路边地上的一本《可兰经》，那男人偏巧是伊博人，是一个基督徒。于是附近的人——那些人整天待在那儿玩跳棋，偏巧是穆斯林，就把那人从轻型皮卡中拽了出来，大砍刀一闪就砍下了那人的脑袋，他们提着人头冲进了市场，对众人说，凡是不信神、玷污了经书的家伙，都该受到这样的惩罚。可是这会儿，她在问那女人：“你还能闻到烟味吗？”

“闻得到呀。”那女人说。她解开裹在身上的纱巾铺在满是尘土的地上。她只穿了一件无袖上衣，脚上一双黑色拖鞋的接缝处已经磨坏了。“来，坐这儿吧。”

奇卡看着地上那条磨出了经纬线的纱巾，也许这是这女人仅有的两条纱巾中的一条。她低头看了看自己的粗斜纹布衬衫和绣着自由女神像的红色T恤，这两件衣裳都是她和恩奈迪去纽约时买的，夏天她俩在纽约的亲戚家住了几个星期。“不，你的纱巾会弄脏的。”她说。

“坐下，”那女人说，“我们得在这儿待上一阵呢。”

“你知道要待多长时间……？”

“也许待到今天晚上，也许待到明天早上。”

奇卡举起手按在前额上，好像在检查有没有得疟疾，是否在发烧。以前她的手掌总有一种凉凉的感觉，但现在手掌却是湿漉漉、汗津津的。“我姐姐在买花生，跟我跑散了。我不知道她在哪儿。”

“她会跑到一个安全的地方的。”

“恩奈迪。”

“唔？”

“我姐姐。她名叫恩奈迪。”

“恩奈迪。”那女人重复道，她的豪萨口音念着伊博人的名字有一种柔如羽毛的感觉。

过后，奇卡将跑遍各家医院的停尸房去找寻恩奈迪，她将攥着自己和恩奈迪在上星期一个婚礼上拍摄的照片冲进报社，那张照片上，她露出傻乎乎似笑非笑的脸，因为恩奈迪在快门揿下时掐了她一下，她们两个穿着很合体的无袖安卡拉长袍。她将在市场和附近商店的墙上张贴这照片。她将找寻不到恩奈迪。她将永远都见不到恩奈迪了。但现在，她对那女人说："恩奈迪和我是上星期来这儿的，我们趁学校放假来看望姑妈。"

"你们在哪儿上学？"那女人问。

"在拉各斯大学。我读医学，恩奈迪读政治学。"奇卡不知道这女人是否理解上大学是怎么回事，也不知道提及学校是否能让自己略感宽慰，她现在需要抓住一点真实的东西——恩奈迪没在骚乱中出事，恩奈迪藏在一个安全的地方，也许正轻松地张开嘴巴大笑，也许正在考虑着她的某个政治学课题。比如，阿巴查将军的军人政权如何运用对外政策，以使自己在其他非洲国家眼中取得合法性。抑或，英国殖民者是造成大量浅色头发人群的直接原因。

"我们在姑妈这儿只待一个星期，我们以前从未到过卡诺①。"奇卡说，她意识到自己有这样一种感觉：她和她姐姐不应该受到骚乱的影响。像这样的骚乱应该发生在她阅读的报纸上。像这样的骚乱应该发生在别人身上。

"你姑妈在市场里？"那女人问。

"她不在，她在上班。她是秘书处主任。"奇卡又举手按住脑

① 卡诺，尼日利亚北部的历史古城，现为工商业重镇和北部文化中心。

门。她弯腰坐到地上，跟那女人靠得很近(这在以前是不可能的)，这样才能让整个身子都坐在纱巾上。她闻到了那女人身上的气味，有些像她家女仆洗亚麻床单时用的肥皂。

“你姑妈在安全的地方。”

“是的。”奇卡说。两人的谈话似乎有些离奇，她觉得好像在反观自身。“我还不敢相信发生了这样的事情。这种骚乱。”

那女人挺直了身子。她身上的一切都是那么长而纤细，她的腿向前伸出，手指甲和脚趾甲都用植物颜料染了色。“这是魔鬼在作怪。”她终于开口说。

奇卡不知道是不是所有的女人(如她所见到的)都把骚乱视作恶魔。她希望恩奈迪在这儿。她想象着恩奈迪可可般的棕色眼睛闪闪发亮，她飞快地翕动嘴唇解释着骚乱不可能在真空中发生，地区和民族通常都有政治诉求，如果饥饿法则在一个接一个地杀人，那么统治者就是安全的。接着奇卡又想到不知这个女人的理解力是否能够明白这个道理，心里不禁感到一阵内疚的刺痛。

“你们在学校里给病人看病吗？”那女人问。

奇卡迅速闪避眼神，以免那女人看见她惊讶的神色。“临床实习？是啊，我们去年开始有临床实习了。我们在学校的教学医院给病人看病。”她没有说的是，她经常会感到没有把握而不敢上手，以至于经常躲在六七个人一组的实习生背后，以避开高级住院医生的眼睛，希望别指派她去检查某个病人，去作鉴别诊断。

“我是商贩，”那女人说，“我卖洋葱。”

奇卡留神听那声音里的挖苦和责备，但没听出那种意思。女人的声音低沉稳重，她只是说自己是做什么的。

“但愿他们别把市场的摊位全给毁了。”奇卡回答说，她不知道还能说什么。

“每次一闹事，他们就来砸市场。”那女人说。

奇卡想问那个女人，她经历过多少次骚乱，可她没问。她曾在报纸上看到过几次有关骚乱的报道：豪萨穆斯林狂热分子攻击伊博基督徒，有时是伊博基督徒杀死豪萨穆斯林作为报复。她不想在谈话中指斥哪一方。

“我的奶头像撒了胡椒似的火辣辣地痛。”那女人说。

“怎么回事？”

“我的奶头像撒了胡椒似的火辣辣地痛。”

奇卡喉咙里冒出惊讶的咯咯声，没等开口说话，那女人已掀起上衣，解开磨旧的胸罩前搭扣。她露出了整个乳房，从胸罩里掏出一把钱钞，尽是卷拢的十奈拉、二十奈拉的票子。

“火辣辣的，就像胡椒似的。”她说着朝奇卡捧起乳房，像是要给她喂奶。奇卡扭过身去。她想起一个星期前在儿科病房轮值时的情形：那个高级住院医生奥伦罗尤让所有的实习生都去体验一个小男孩的心脏四级杂音。那男孩好奇地望着他们。医生让她第一个上前，她当时浑身是汗，意识一片空白，都搞不清心脏在什么地方了。最后才把颤抖的手挪到小男孩左胸的乳头上，感受到血液在心脏部位“噗噗噗”的脉动，那种不正常的颤振紧贴着她的手指，那男孩微笑地看着她，她却结结巴巴地对他说“对不起，对不起”。

这女人的乳头跟那男孩一点都不像。这破裂的乳头紧绷着，呈深棕色，而乳晕颜色较浅。奇卡仔细地查看这对乳头，伸手去触摸。“你在喂奶吗？”她问。

“是在喂奶，有一年了。”

“你的乳头很干，不过倒是没有感染。你喂过奶以后最好搽一些乳液。喂奶的时候，最好把乳头和乳晕都塞到孩子嘴里。”

那女人定睛看着奇卡。“我是第一次出现这种情况。我有过五个孩子了。”

“我母亲也是这样。当她给第六个孩子哺乳的时候，乳头破裂了，她不知道是怎么回事，后来有个朋友告诉她要用滋润乳液。”奇卡说。她几乎不会撒谎，但偶尔也曾撒过谎，谎言后面总有一定的目的。她不知道撒这个谎的目的何在，她需要编出一个和这女人境况相仿的故事，她和恩奈迪是母亲仅有的两个孩子。再说，她母亲一直都有伊格博克威大夫照料（那位矫揉造作的大夫是在英国接受医学训练的），一个电话就会出诊。

“你母亲往乳房上搽什么东西？”那女人问。

“可可奶油。愈合裂口特别快。”

“嗯？”这女人朝奇卡看了一会儿，好像身体的暴露为她俩创造了某种联系，“好的，我会去搞点来搽搽。”她捻弄了一会儿披巾，然后开口道：“我正在找我的女儿。我们今天早上一起来市场的。她在汽车站附近卖花生，因为那儿顾客多。骚乱开始时，我在市场里来来回回地找她。”

“你那个娃娃？”奇卡一出口就知道自己的问题有多蠢。

这女人摇摇头，眼里闪过一丝不耐烦的神情，甚至有些愠怒。“你耳朵有问题吗？你没听见我的话？”

“对不起。”奇卡说。

“娃娃在家里！出来的是大女儿。哈利玛。”那女人开始哭泣。她静静地哭着，肩膀一耸一耸，不是那种大声哭泣，不是奇卡所知道的尖声喊叫的娘们儿哭法，那等于在说，抱住我，安慰我，因为我独自一个人没法承担。这女人的哭是那种暗自饮泣，好像是在执行一项外人无法涉及的必要仪式。

过后，奇卡真希望自己和恩奈迪没有搭出租车来光顾这个市场，其实那只是为了看一眼卡诺市，她们姑妈家附近这个古老城市，她还会希望这女人的女儿哈利玛这一天病了，或是因为厌倦和懒惰而没去市场卖花生。

那女人撩起衣角擦擦眼睛。“安拉保佑你姐姐和哈利玛藏在一个安全的地方。”她说。奇卡不太肯定穆斯林怎样应答——当然不可能是“阿门”——她只是点点头。

在店铺角落里，挨着金属罐那儿，这女人发现一个生锈的水龙头。她说，也许是店家用来洗手的，她告诉奇卡这条街上的商店好几个月前就废弃了，因为政府宣布这些店铺是违章建筑，需要拆除。女人拧开水龙头，她俩看着——很惊讶——水居然流出来了。棕黄色的水，奇卡闻出有一股金属锈味。但终究是流出来了。

“我来洗洗，祷告一下。”女人说，她这会儿拉开了嗓门，第一次露出微笑，露出整齐的牙齿，但门牙是棕色的。她脸颊上的酒窝很深，深得可以插入半个手指，这么瘦的脸颊上有这么深的酒窝，这可不多见。女人笨拙地凑着水龙头洗手洗脸，然后从脖子上取下头巾铺在地上。奇卡的目光移向别处，她知道这女人跪下来，朝着麦加的方向，可她没看。这就像是这个女人的哭泣，是一种个人感受，她希望自己能离开这家店铺才好。或者，她自己也能够祷告，能够相信上帝，看见店铺发霉的空气中浮现一个全知全能的上帝。至于上帝的概念，就像蒸汽腾腾的浴室里的镜中映像，她不记得自己有什么时候不是那么云山雾罩，她想不起自己是否试着要去擦拭一下镜子。

她触摸着手指上仍然戴着的玫瑰念珠，她有时把它戴在小指头上，有时戴在食指上，为了让母亲高兴。恩奈迪不再戴这玩意儿了，她曾嘶哑着喉咙笑着说："玫瑰念珠确实是一剂魔药，但我不需要，谢谢。"

过后，全家人会为恩奈迪做一场又一场的弥撒来祈祷她平安无事，但从来没有为了她的灵魂平安而祈祷。而奇卡也会想起这个女人，想起她埋首尘土祷告的情形，她将会因此而改变自己想劝母亲放弃做弥撒的想法（她原本认为那是浪费钱，只是为教堂筹资罢了）。

当这女人起来时，奇卡感到自己身上充满了一股奇怪的能量。三个多小时过去了，她估计骚乱该结束了，骚乱的人群也都散开了。她该离开了，她必须赶回家去，看到姑妈和恩奈迪平安无事才能放心。

"我得走了。"奇卡说。

那女人的脸上再次浮现出那种不耐烦的神色。"外面很危险。"

"我估计他们已经走了。我甚至都闻不到烟味了。"

那女人什么都没说，又返身坐到那块裹身布上。奇卡看了她一会儿，不明白她为什么这么说，觉得有些失望。也许她想让这女人给她几句祝福的话，什么都行。"你家离这儿远吗？"她问。

"很远，我坐了两个小时的公交车。"

“我回到姑妈家，会带她家的司机一起过来，把你送回家。”奇卡说。

那女人把目光转开去。奇卡慢慢走到窗口打开窗子。她想听到那女人出声阻止，回到她身边去，不要冒险。但那女人什么都没说，奇卡从窗口爬出去时，只觉得那双平静的眼睛在注视着她。

街上很平静。太阳下山了，暮色中，奇卡朝四处张望了一圈，不知道该往哪条路走。她祈祷着这时出现一辆出租车：出于魔法，出于运气，出于上帝之手。接着她祈祷恩奈迪坐在出租车里，问她到底上哪儿去了，她们都担心死她了。奇卡朝市场那边走去，还没走到第二条街的尽头，就看见了一具尸体。她一直走到跟前，凭着某种感觉才发现的。那具尸体肯定是刚刚焚烧的，被烤灼的肉体气味非常恶心，她以前从未闻到过这种气味。

过后，奇卡和姑妈一起坐车搜遍整个卡诺（由一位坐在有空调出风口的汽车前座上的警察陪同），她还会看见别的尸体，许多被焚烧的尸体沿街一溜躺着，好像有人故意把这些尸体弄到一起，连成一道直线。她注视着其中一具尸体，赤裸而僵直的尸体，脸朝下扑倒，这情形让她大受刺激，因为她无法知道这个全身烧焦的男人是伊博人还是豪萨人，是基督徒还是穆斯林。过后，她会收听BBC广播，听到死亡和骚乱的详情——广播里说着“混和着种族矛盾的宗教冲突”什么的。而她则把收音机甩到墙上，一阵狂怒掠过全身——为着所有这些被打包消毒过的新闻，为着所有那些语焉不详的报道，为着所有那些尸体。可是这会儿，从焚烧的尸体上发出的热气离她这样近，这样温热，她赶快转身朝店铺跑去。奔跑时她感到自己的左小腿一阵刺痛。她回到店铺敲打着窗子，一直敲到那女人来开窗。

奇卡坐在地上，暮色中，她凑近小腿察看着，一道鲜血从腿上淌了下来。她那双眼睛在脑袋上不安地甩动着。这看上去太怪异了，这鲜血，像是有人把番茄汁射到她腿上一样。

“你的腿，流血了。”那女人说，有点儿疲倦的样子。她到水龙头上沾湿了头巾一角，清洗着奇卡的腿，接着又用湿头巾包扎她的腿，在小腿肚上打了个结。

“谢谢。”奇卡说。

“你想用厕所吗？”

“厕所？”

“那边有些罐子，我们都用它来做便盆的。”女人说。她从商店后面拖来一只罐子，一股气味直扑奇卡的鼻孔，混合着灰尘和金属锈水的气味，她不禁感到头晕恶心，连忙闭上眼睛。

“对不起，噢！我的胃里难受。今天所有糟糕的事儿都来了。”那女人站在她身后说。她打开窗子把罐子搁到外边，然后凑着水龙头洗手。她回过身来，沉默地和奇卡坐到一起，过了一会儿，她们听见远处传来刺耳的阵阵叫喊，奇卡听不清在叫喊什么。店里几乎全黑了，那女人在地上躺下来，上半身在裹身布上，下半身露在外面。

过后，奇卡在悲伤中会读到《卫报》的报道，所谓“操豪萨语的极端保守的北方穆斯林历来有攻击非穆斯林的传统”云云，她将不再想念她为那个温柔和蔼的穆斯林豪萨女人检查乳头的经历。

奇卡几乎整夜无法入睡。窗子关得紧紧的，闷热的室内尘土飞扬，黏稠的空气里夹着沙砾直往她鼻孔里钻。她一直看见窗边飘浮着一具发黑的带光晕的尸体，用控诉的姿势指着她。最后，她听见那女人起身打开窗子，暗蓝色的黎明泻了进来。女人在那儿站了一会儿，然后爬出窗外。奇卡只见有人走过的脚步声。只见那个女人喊出了声，拉高了嗓门，像是认出了什么人，接着是一阵语速飞快的豪萨语，奇卡听不懂。

女人爬回店铺。“危险过去了。那是阿布。他是卖食品的。他来看看自己的店铺。各处的警察都有催泪瓦斯。军队正开过来。趁大兵开始骚扰什么人之前，我得赶快离开。”

奇卡慢慢站起来，活动一下身子，所有的关节都在痛。她得一路走回姑妈家那个带有围墙大门的庄园，因为街上根本找不到出租车，只有军用吉普和破破烂烂的警车。她将见到姑妈，手里拿着一杯水从一间屋子走到另一间，一遍又一遍地用伊博语念叨着："我干吗要邀请你和恩奈迪来我这儿啊？我的命数怎么把我给卖了？"而奇卡则紧紧搂着姑妈的肩膀，让她坐到沙发上去。

现在，奇卡从腿上解开头巾抖了抖，好像要把血污抖掉似的，然后递给那女人。"谢谢你。"

"一定要好好清洗你的腿。问候你姐姐，问候你的家人。"那女人说着把缠在腰间的裹身巾系紧了。

"也问候你的家人。问候你的娃娃和哈利玛。"奇卡说。过后，在走回家的路上，她将捡起一块带有干血迹的石头，把这恐怖的纪念物抱在胸前。在她抓起石块时，心里会闪过一丝奇怪的念头，她将永远见不到恩奈迪了，她的姐姐不在了。而现在，她转身又对那女人说："我能留下你的头巾吗？也许腿上还会出血的。"

那女人看了她一会儿，好像不太明白这是什么意思，但接着就点点头。她脸上也许浮现出对未来的一丝悲哀，但她淡淡地微笑着，是心烦意乱的微笑，然后把头巾递给奇卡，转身从窗口爬出去了。

幽　灵

今天我看见了伊克纳·奥柯罗——我一直以为已经死了的人。也许我本该弯下腰，抓起一把沙土朝他扔过去，在我们老家这是分辨人鬼的一种方式。但我是一个受过西方教育的人，一个七十一岁的退休数学教授，我应该因自己具备足够的科学知识而对老家那种迷信一笑置之。我没有朝他扔沙土。我心里想这样做的，却没有这样做，不管怎么说，毕竟我们是站在大学财务处的水泥地上见面的。

我到那儿是去询问我的退休金的，那个面无表情的科员乌格沃克还是那句话："你好，教授，对不起，钱还没打进来。"

另一个科员，他的名字我现在记不得了，也朝我点点头，一边嚼着粉红色的可乐果，一边向我表示抱歉。他们都习惯这一套了。我也习惯了。那些聚集在凤凰木树下、身上带有刺青的人们也习惯了，他们在大声议论这事儿，一边比着手势。有人说，教育部长窃走了退休金。另一个说，副总理把那笔钱存入一个利息很高的私人账户。他们诅咒着副总理：他的阴茎翘不起来。他要断子绝孙。他会拉肚子拉到死。我朝他们走过去，他们都跟我打招呼，一边对这种局面无奈地摇晃着脑袋，好像认为我教授级别的退休金要比他们这些送信的、开车的退休金更重要似的。他们像别人一样管我叫教授。 树底下，坐在他们旁边的那个小贩也在喊我。“教授！教授！快来买上好的香蕉呀！”

我和文森特聊了起来，八十年代我担任教务长时，他曾是我的司机。“教授，都三年没发退休金了，”他说，“这么说，人刚一退休就该去死。”

“可不是嘛。”我说道，当然他不需要我来告诉他这情形有多糟糕。

“恩凯鲁怎么样，教授？我想她在美国一定很好？”他总是会问起我的女儿。他经常开车送我妻子伊贝瑞和我去埃努古[①]的医学院。我记得伊贝瑞去世时，他和他的亲友还来参加了葬礼，在葬礼上说了许多颇为动情的话，回顾伊贝瑞待他这个司机多么好，还把自家女儿的旧衣服送给他的孩子。

“恩凯鲁挺好的。”我说。

“她打来电话时，教授，请代我问候她。”

---

① 埃努古，尼日利亚中南部城市，埃努古州首府。

“好的。”

他聊得有点儿多，说到这个国家还没有学会说感谢，说到他给医学院学生补鞋，他们却不付钱。但他吸引我注意的只是他那个喉结，警觉地上下滑动着，好像马上就要从满是皱纹的脖子里蹦出来似的。文森特比我年纪小些，也许还不到七十，但看上去老多了。他只剩少量稀疏的头发。他为我开车的时候，我记得他相当饶舌，我还记得他喜欢看我的报纸，我不太喜欢他这种习惯。

“教授，你不买点儿我们的香蕉吗？我们都快要饿死了。”凤凰木树下有人嚷嚷道。看上去好像有些面熟。我猜想可能是我家隔壁邻居伊杰瑞教授的园丁。他说这话半开玩笑半当真的，不过我还是买了花生和一串香蕉，其实所有这些人真正需要的是某种润肤品。他们的脸和胳膊看上去都灰扑扑的。这会儿已经快到三月了，可是这儿的热风季节很长：那干燥的风，使得我衣服上噼里啪啦地带着静电，眼睫毛上沾着灰尘。我今天抹的乳液比平时要多，嘴唇上还涂了凡士林，而手掌和脸上还绷得紧紧的。

伊贝瑞曾嘲笑我不会正确地保养皮肤，特别是在干燥的热风季节，有时她会在我早晨洗完澡后用她的“妮维雅”润肤膏在我胳膊、大腿和后背上慢慢地涂抹。她总是一边好玩地大笑着，一边对我说，我们得好好保护这可爱的皮肤。她总说我的肤色是当初打动她的重要原因，一九六一年那会儿，成群结队地涌向伊利埃斯大街她家住处的求婚者们个个都比我有钱。“光洁无瑕”，她这样称赞我的皮肤。我倒看不出自己这身深棕色的皮肤有何特别之处，但在过去的岁月中，在伊贝瑞双手的抚摩下，我对自己的皮肤还是颇有些沾沾自喜的。

“谢谢你，教授！”那些人说，然后彼此打趣道谁会来分这几个钱。

我站在那儿听他们聊天。我知道他们说话得体是因为我在那儿：木工活儿做得不像样，孩子们生病，高利贷还不上。他们不时放声大笑。当然，他们心里是怀有怨气的，他们当然该有怨气，但他们竭力表现自己乐观的一面。我经常在想，如果联邦政府统计局不是根据我在职时的职位向我提供退休金，如果恩凯鲁没有坚持给我寄来我并不需要的钱，我能否做到像他们一样。我对此深表怀疑，我很有可能会像乌龟那样缩进壳里，放弃自己的尊严。

最后，我跟他们道别，朝自己的汽车走去，泊车位旁边尽是松树，从教育学院到财务处这儿都裹在一片林啸之中。我就是在那儿见到伊克纳·奥柯罗的。

他先喊我。“詹姆斯？詹姆斯·恩沃耶，是你吗？”他张大嘴巴站在那儿，我可以看见他的牙齿颗颗完好。我去年掉了一颗牙。我没去做恩凯鲁所说的“种植牙”，但我看见伊克纳的满口好牙还是不免有些酸溜溜。

“伊克纳？伊克纳·奥柯罗？”我疑疑惑惑地问，因为这简直是不可能的事情：面前这活生生的人，三十七年前就死了呀。

“是我，是我。”伊克纳迟疑着向我走近。我们握了手，然后短暂地拥抱了一下。

我们——伊克纳和我，算不上是好朋友。我以前对他相当了解，那是因为每个人都对他相当了解。就是他，当一个在英格兰长大的尼日利亚人接任校长，宣布教师上课一概必须打领带之后，他却旁若无人地继续穿着他那色彩鲜艳的短外套。就是他，登上教职员工俱乐部讲台，呼吁政府给予非教学人员更好的待遇，一直说到喉咙嘶哑。他是教社会学的，虽然我们许多任教于正经学科的人觉得搞社会学的都是玩虚的，整日闲着没事干，写上一大堆让人不堪卒读的书籍，但我们觉得伊克纳与众不同。我们宽容他那种咄咄逼人的作派，没有扔掉他写的那些小册子，而且相当钦佩他在文章里表现出的博学多识的刻薄劲儿，他的胆识征服了我们。他依旧是那个干瘪、瘦小的家伙，生着一对青蛙眼，有着浅浅的肤色——但如今已失去了光泽，显露出老人斑了。当时，有人慕名前来拜访他，一见之下却难掩失望之情，因为他那辩才无碍的学识与他的外表实在很不相称。其实，后来我们那儿的人有个说法：最出色的动物总难装进猎人的笼子。

“你还活着？”我问。我真是相当震惊。我和我的家人都在他去世那天见过他，那是一九六七年六月六日，正是我们紧急逃离恩苏卡①的日子，那天的太阳闪耀着一种奇特的红色强光，附近发出轰隆隆的炮声，联邦士兵已经打过来了。我们坐在我的雪佛兰轿车上。一些民兵在学校大门口朝我们挥手，对我们叫喊着，让我们别害怕，那些破坏分子——这是我们对联邦士兵的称呼——迟早会被打败，我们迟早能够回来。本地的村民们也跟我们一起逃难（战后他们只能在教师的垃圾桶里掏弄食物），他们有好几百人，女人头上顶着箱子，背上绑着娃娃，光着脚的孩子们扛着包裹，男人们拖着自行车，抱着山药。我记得伊贝瑞在哄着女儿齐克，因为匆忙之中齐克的洋娃娃没拿出来，这时我们看见了伊克纳那辆绿色的欧宝轿车。他从我们对面驶来，回校园去。我按着喇叭想阻止他回去。“你不能回去！”我向他叫喊。但他朝我挥挥手说：“我得回去拿些文件。”我觉得他这么回去相当鲁莽，因为炮声越来越近了，再说我们的部队一两个星期就会把那些破坏分子赶走。然而，我内心同时也充满着我们正义的比亚夫拉事业②不可战胜的信心，所以也没有多想，后来才听说就在我们撤离那天，恩苏卡就陷落了，校园被占

① 恩苏卡，尼日利亚中南部的一座大学城，距埃努古几十公里。一九六〇年创建的恩苏卡大学是该国的第一所国立大学。

② 比亚夫拉事业，指一九六七年至一九七〇年间伊博人为主的比亚夫拉地区的独立建国，为此比亚拉夫军队与尼日利亚中央政府军发生了激烈内战。一九七〇年一月，由于饥荒而难以支撑的比亚拉夫共和国宣布投降，重新加入尼日利亚。

领。埃齐克教授的亲戚带信给我们说，有两个教师被杀害了。其中一个教师跟联邦士兵争执了几句就被一枪击毙。不需要再说什么，我们知道那是伊克纳。

伊克纳对我的问题一笑了之。“我是活着，是活着啊！”他似乎觉得自己的回答更滑稽可笑，因为他又笑了。现在想来，甚至他那笑声都是走了样的，变得毫无感染力，完全没有当年在教职员工俱乐部里辩论时嘲讽他的对立面那种令人荡气回肠的声音。

“可是我们看见你了，”我说，“你记得吗？就是撤离的那天？”

“没错。”他说。

“他们说你没能出来。”

“是啊，”他点点头，“我是没能出来。一个月后我就离开了比亚夫拉。”

“你离开了？”我现在听起来简直难以置信，每当我们听说那些内贼——我们称之为“贼”——背叛了我们的士兵，背叛了我们正义的事业，背叛了我们新生的国家，总会泛起一阵厌恶，他们背叛我们，就为了换取一条通往尼日利亚的安全通道，换取对我们禁运的盐、肉和饮用水。

“不，不是那样的，不是你想的那样。”伊克纳停了一下，我注意到他的肩膀有些下垂。“我是乘坐红十字会的飞机出国的。我去了瑞典。”他似乎有些迟疑不决，似乎有些奇怪的羞怯，完全不像昔日那个果敢而有决断的人。我记得，在比亚夫拉开战后组织的第一次集会上，他宣布比亚夫拉是一个独立的国家，我们所有的人都聚集在自由广场上，伊克纳讲话时，我们全都欢呼起来，“独立万岁！”

“你去了瑞典？”

“是啊。”

他没有再说下去，我意识到他可能不想告诉我更多的事，他不想告诉我他怎样活着离开校园，也不想告诉我他怎样登上飞机，我听说战后有一些孩子被空运到加篷，但肯定没听说有人乘坐红十字会的飞机离开，而且那么早就走了。两人之间的沉默构成了紧张的气氛。

“你后来一直在瑞典？”我问。

“是的，他们扔炸弹的时候，我们全家都在奥尔卢①。没人留在这儿，所以我也没有回来的必要。”他停下来，喉咙里冒出了不适的声音，那本该是一阵笑声，可是却变成了一连串的咳嗽声。“我和安雅医生有过一些接触。他告诉我一些重建校园的事情，我好像听他说你战后去了美国。”

事实上，一九七〇年战争结束后，伊贝瑞和我马上就回到了恩苏卡，但只住了几天。因为对我们来说，那实在是一桩过于残

① 奥尔卢，尼日利亚南部城市。

酷的事情。我们的书籍被烧成了焦炭，堆在前院那株伞形树下。浴缸里是一坨坨钙化了的粪便，我的《数学年鉴》被一页页地撕下来当作擦屁股的纸，那些屎迹抹在我用于研究和教学的数学公式上。我们的钢琴——伊贝瑞的钢琴——不见了。我的毕业礼袍（我曾穿着它在伊巴丹①接受我的第一个学位）被当作抹布堆在一边，蚂蚁在上面忙碌地爬来爬去，我茫然地瞪着它们。我们的照片都被撕烂了，相框也被砸破。于是我们离开这儿去了美国，直到一九七六年才回来。我们另外分到了一处房子，在埃赛维赛街上，很长一段时间里，我们都避免开车经过伊莫克街，因为不想再看见那幢老宅，后来我们听说新搬进去的人砍掉了那棵伞形树。我把这些事都告诉了伊克纳，但我只字未提在美国伯克利那会儿，我的美国黑人朋友查克·贝尔曾为我安排教职一事。伊克纳沉默了一会儿说："你那小女儿齐克怎样了？她现在肯定已是成年女子了。"

我们在"员工家庭日"带齐克去教师俱乐部时，他总是给齐克买芬达饮料喝，说她是他见过的最漂亮的小姑娘。我觉得这是真心话，因为我们是以总统②的名字为她命名的，而伊克纳是早期的齐

---

① 伊巴丹，尼日利亚西南部城市。

② 总统，指恩纳姆迪·阿齐克韦（1904—1996），昵称"齐克"（Zik），一九六三至一九六六年任尼日利亚总统。比亚夫拉战争中，他先是支持他的伊博族人，一九六九年转而支持联邦政府。

克主义①者，后来他宣称这个运动过于乏味而退出。

“战争带走了齐克。”我用伊博语说。用英语说到死亡，对我而言，那就成了令人不安的定局了。

伊克纳深深吸了口气，只说了一声“Ndo”，就是“遗憾”的意思。他没有追问是怎么回事，这让我有释然的感觉——再说也没那么多“怎么回事”可说的——他的表情看上去也不见得特别震惊，那意思好像战争总是会死人的。

“我们战后又生了一个孩子，也是女儿。”我说。

不过伊克纳没有马上接过这话茬。“我做了自己力所能及的事情。”他说，“我离开了国际红十字会。那里都是一些懦夫，根本不可能为人类去征战。飞机在埃凯特②被击落后，他们就放弃了，好像他们不知道这正是戈翁③想要的结果。世界基督教联合会的飞机却仍然坚持飞越乌利④，在夜间飞行！我是到了乌普萨拉⑤才见到他们的。这是自第二次世界大战以来最大的一次行动。我组织募捐

① 齐克主义(Zikist)，一个伊博人为主的政治团体，成立于一九四六并不年，参与者多为阿齐克韦的追随者，年轻激进的民族主义者。

② 埃凯特，尼日利亚东南部城市。

③ 戈翁(1934—)，尼日利亚军人，一九六六年出任联邦军政府首脑，武装部队总司令。一九七五年被政变推翻后隐居英国，后成为牧师。

④ 乌利，尼日利亚中南部城市，属比亚夫拉地区。

⑤ 乌普萨拉，瑞典中部城市，在斯德哥尔摩以北七十公里。

活动，我在欧洲各国首都组织了比亚夫拉集会。你们听说过特拉法加广场①那次集会吗？我就是那次集会的召集人。我做了自己所能做的一切。”

我不敢说伊克纳是在对着我说话。他好像是面对大庭广众滔滔不绝地发表演讲。我朝凤凰木树那边望去。聚集在那儿的人还在，但我说不准他们是否卖完了香蕉和花生。也许这是因为我开始沉浸于一种朦胧的怀旧情绪中，这种情感攫住了我的身心。

“克里斯·奥基布②死了，是吗？”伊克纳的问题把我的注意力拉了回来。有那么一刻，我在想他是不是想要我否认这个消息，使奥基布也能做一个起死回生的幽灵。但奥基布的确是死了，我们的天才，我们的星辰，这个人的诗歌打动了我们所有的人，甚至包括那些搞科学的人，那些并不理解他的诗歌的人。

“是啊，战争带走了奥基布。”

“我们的事业失去了一个大人物。”

“是啊，可他至少勇敢地战斗过。”这话一出口我就后悔了。我本来的意思只是向克里斯·奥基布表示一下敬意，他原本可以像我们学校有些人那样成为校董事会成员，却因为保卫恩苏卡而饮弹身

① 特拉法加广场，伦敦市中心的一个著名广场。

② 克里斯·奥基布（1932—1967），尼日利亚英语诗人，死于比亚夫拉内战。

亡。我不想让伊克纳误解我的意思，我不知道是否应该对此表示一下歉意。一股小小的旋风卷起尘土，穿过路面而来。我们头上的松树摇摆起来，呼呼作响的风儿把干枯的松针吹散开去。也许是由于心里不舒服，我才对伊克纳说起战后我和伊贝瑞一起开车回到恩苏卡的情形，说到放眼皆是废墟的景象，炸飞了的屋顶，布满了弹孔的房子(用伊贝瑞的话来说就像是瑞士奶酪)。当我们行驶在穿越阿古莱里①的公路上时，冲过来的比亚拉夫士兵拦住了我们，把一名受伤的士兵塞进了我们的车里，他的血都流淌在后座上，由于车座的皮革破了，那人的血深深地渗入了里面的填充物，和车内的气味混合在了一起。一个陌生人的血。我自己也说不清为什么要对伊克纳讲述这样一个故事，但好像应该告诉他。我又告诉他，那士兵带有金属腥味的血让我想起了他，伊克纳，因为我总是在想象中感觉到是那些联邦士兵射中了他，让他死在那儿，让他的血染红了土地。其实并非如此，我既没有想象过这情形，受伤士兵也没有让我想起伊克纳。即使他觉得我的故事奇怪，他也不会说出来。他点点头说："我听说了许多事情，许多事情。"

"在瑞典过得怎么样？"我问。

他耸耸肩。"我去年退休了。我决定回来看看。"他说"看看"，

---

① 阿古莱里，尼日利亚东南部城市。

那意思像是还要打探某种肉眼不能看见的东西一样。

“你的家人怎么样？”我问。

“我没有再婚。”

“噢。”我说。

“你太太怎么样？恩奈娜，不是叫这名字？”伊克纳问。

“伊贝瑞。”

“噢，是啊，当然啦，伊贝瑞。可爱的女人。”

“伊贝瑞已去世三年了。”我用伊博语说。我很惊讶地看见伊克纳眼里涌出了泪水。他已经忘了她的名字，可是，他竟然还能为她感到悲伤，或者，也许他是为一个风云变幻的时代感到悲伤。我意识到，伊克纳是一个能够承受压力的人。

“真遗憾，”他说，“真是遗憾。”

“没什么，”我说，“她会来的。”

“怎么回事？”他看着我，那眼神有些困惑不解，他当然听见我说的话了。

“她会来的。她会来看我。”

“我明白了。”伊克纳用那种安抚精神失常者的口气对我说。

“我是说，实际上她常去美国，我们的女儿在那里当医生。”

“噢，是吗？”伊克纳的问话显得太机灵了，他看上去松了口气。我没有责怪他。我们都是受过教育的人，我们所受的教育要求与某些被认为是真相的事实保持严格距离。伊贝瑞葬礼的三个星期后，她第一次来看我，我正是像他这样大为疑惑。当时恩凯鲁和她的儿子已经返回美国了。我是独自一人。当时我听到楼下的门关上又打开，打开又关上，我什么都没想。我以为是晚上的风刮的。但我卧室窗外并没有树叶的飒飒声。那些印度楝树和腰果树并没有在那儿瑟瑟作响。可是楼下的门开了又关了。回想起来，我怀疑自己当时是害怕了。我听到楼梯上有脚步声，跟伊贝瑞走路的声音很像，每走到第三步就特别重一些。我一动不动地躺在黑暗的卧室里。接着我感觉床单被拽起，一双轻柔的手在按摩我的胳膊、大腿和胸部，随着乳液的缓释作用，一阵愉悦的睡意袭来——我无法抗拒她的造访带来的睡意。我醒来后——每次她来过以后都是这样——我的皮肤上留下了“妮维雅”润肤膏馥郁的香气。

我经常想告诉恩凯鲁，在哈麦丹风①来临时，她母亲每个星期都会来一次，而雨季来的次数就少了，可是如果我跟她说了这些，她就有理由过来了，准得让我跟她去美国，而我就会被迫过着一种被管束的毫无生气的舒适生活。那种生活倒是充满了我们称之为“机会”的东西。那不是我要过的生活。我不知道，如果我们在一九六七年赢得了战争，情况会变成怎样。也许我们就不会去海外寻

① 哈麦丹风，非洲干旱季节从撒哈拉沙漠吹向非洲西海岸的干燥而带有沙尘的风。

找那些机会了，而我也就不需要担心我的外孙不会说伊博语了，上一次他来尼日利亚，就是不明白为什么要让他对陌生人说“下午好”，因为在他的世界里，礼节是要有前提的。可是谁说得准呢？即使我们赢得了战争，也有可能什么都没改变。

“你女儿觉得美国怎么样？”伊克纳问。

“她过得挺不错。”

“你说她是个医生？”

“是的。”我觉得可以告诉伊克纳更多的事情，要不，也许是因为我起先的谈论造成的拘谨还没有完全缓解。于是我告诉他，“她住在康涅狄格州一个小镇上，靠近罗德岛。那家医院董事会刊登广告招聘医生，她去应聘了，他们看了她在尼日利亚医学院的毕业文凭，就说他们不需要一个外国人。可她是在美国出生的——你知道，我们是在伯克利生的她。战后我们去了美国，我在伯克利教过书——于是他们就留下她了。”我轻声笑笑，期待伊克纳也会跟我一起笑起来。但他没有。他朝凤凰木树底下的那些人望过去，他的表情很凝重。

“嗯，是啊。不过至少，对我们来说还不算太糟。记得五十年代末白人地盘上的学校教育吗？”他问。

我点点头表示记得，尽管伊克纳和我的海外留学经历不一样，他是牛津大学毕业的，而我是获得“联邦黑人大学基金会”奖学金去美国读书的。

“教员俱乐部还是像以前一样徒有形式，”伊克纳说，“我今天上午去过那儿。”

“我很久没去那儿了，退休前就很长时间没去了，我在那儿感觉自己太老了，显得格格不入。那些新来的家伙都挺无能。没人会教书。没人有新鲜的想法。总是大学政治，政治，政治，而学生们则用钱或是自己的肉体来换取成绩。”

“是吗？”

“是啊，全都堕落了。大学理事会成了个人崇拜的场所。真可怕。记得约瑟法特·乌迪纳吗？”

“那个了不起的舞蹈家。”

我得回头想一想，因为自从我在战前认识那个校园舞会上最出色的舞者约瑟法特后，已经过了太长的时间了。“是啊，是啊，就是他。”我说，我对伊克纳的记忆颇为钦佩（他的记忆定格在我觉得约瑟法特还是很有尊严的那个时期）。“约瑟法特当了六年校长，他掌管这个学校就像摆弄他父亲家的鸡笼。钱都不见了，接着我们就看见一辆辆的新车，顶着压根就不存在的外国基金会的名头。有人上诉到法庭，但什么事儿都没有。他指定谁可以得到升迁，谁不能升迁。简而言之，他一个人就是学校的理事会。继任的校长对他言听计从。你知道，我从退休后就没拿到过退休金。我刚从学校财务处出来。”

“为什么没人出来阻止这样的事情？为什么？”伊克纳问，有那么一会儿，昔日的伊克纳又回来了，他的声音，他的勇气，让我再次想起这曾是一个果敢无畏的爷们。他没准会走过去一拳砸在旁边的一棵树上。

“嗯”——我耸耸肩——“许多教师篡改了自己的出生年月。他们去人事处贿赂什么人，这样能再干五年。没人想退休。”

“这不对呀，根本就不对。”

“全国都这样，真的，不仅仅是这儿。”我慢慢地摇头，从左摇到右，我家乡的人遇到这种事儿就会这样摇头，好像在悲哀地表示这样的事情不可避免。

“是啊，各行各业的道德底线都被击穿了。我在报上看到过制售假药的事儿。”伊克纳说，他一提到假药，我马上想到这事情真是相当巧合。制售假药之风是我们这个国家近年发生的灾难，如果说伊贝瑞不是这样去世的，我也许就把这话当作闲聊中平常的牢骚一听而过。但我的心里起了怀疑。也许伊克纳已经听说了伊贝瑞当时的情形，躺在医院里，身体越来越衰弱，她的医生一直搞不懂她经过治疗为什么没能康复，而我则心烦意乱，我们全都不明白是怎么回事，最后得知那些药物统统无效，却为时已晚。也许伊克纳想要和我聊这桩事情的整个过程，进而证实他早已从我身上窥见的失常苗头。

“假药真是太可恶了。”我郑重地表示，我决定什么都不说了。但我也许误解了伊克纳的意思，因为他并没有坚持继续这个话题。他朝凤凰木树下的人又瞥了一眼，问我：“你这些年过得怎样？”他似乎很好奇，好像不知道我在这儿过的是怎样的生活——独自一个住在校园里，曾经光洁润泽的皮肤现在已经枯萎，总是等着那永远都到不了的退休金。我笑笑说，我是个安息的人。退休的人还不都是这样吗？我们伊博语里不是把退休称作“老年的安息”吗？

有时，我顺道去看看老朋友马杜威教授。我穿过自由广场斑驳的地面，广场四周尽是芒果树。要不，沿着伊凯佳尼大道走，那条街上的摩托车开得飞快，学生们叉着腿站在路边，飞驰的摩托车闪避着路上的坑坑洼洼，经常撞上路边的学生。在雨季，当我发现一段从雨水中露出的地面（因为有一条排水沟），就会涌起一阵成就感。我浏览报纸。我吃得不错，我的仆人哈里森每周来五天，他做的苦叶汤无人可比。我经常和女儿通话，我的电话每隔几个星期就出故障，于是我就急忙去尼日利亚电信公司的营业处贿赂某人，让他们派人来维修。我在自己布满灰土、乱糟糟的书房里翻出老而又老的期刊。我深深呼吸着印度楝树（这排楝树隔开了我和伊杰瑞教授的房子）的香气——据说这种香气可以治病，尽管我从未弄清它能治疗什么。我不再去教堂，自从伊贝瑞第一次来看我之后，我就不再去了，因为我不再疑惑。对于死后生活的不同看法才导致我们走向宗教。于是，到了星期天，我就坐在游廊上望着屋顶上的秃鹰，我猜测它们也在呆呆地朝下张望。

“过得好吗，爸爸？”恩凯鲁最近一次来电话时这样问候我，那声音里稍许有些恼人的美国口音。不好，还是不好，我告诉她，我就这样。就这么回事儿。

又刮来一股带着尘土的旋风，我们两个都眨巴着眼睛抖落沙尘，我请伊克纳到我家去，这样我们可以坐下来好好聊聊，但他说他正要去恩努古，我问他过后还会来吗？他两手做了个含糊的手势，像是表示会回来。当然，我知道他不会回来了。我再也见不到他了。我看着他走了，目送这宛若干瘪坚果的人，然后开车回家，一路上想着我们生命中可能会遭遇的情形，想着我们生命中已经遭遇的一切，想着我们这帮人——战前的好日子里所有光顾教师俱乐部的人。我开车很慢，因为那些摩托车手根本不顾交通规则，因为我的视力不如以前了。

上星期我倒车出库时，把我的奔驰车擦出一道小划痕，所以这次停车入库我非常小心。这车用了二十三年，但车况仍然不错。我还记得当年从德国买回这辆车时，恩凯鲁有多么兴奋，当时我去德国领取科学院颁发的奖金。这是最新款的车。我都不知道，但她的同伴都知道，她们盯着速率表和里程表看，要求摸摸仪表板。当然啦，现在，每个人都开着一辆奔驰车。他们从科托努[1]买来的二手车，不是后视镜没了就是车头灯坏了。伊贝瑞曾嘲笑过他们，说我们虽是旧车，却远比那些开起来嘎嘎作响又没有安全带的车子要好。她的幽默感还在。有时候，她又出现的时候，她会逗弄我的睾丸，用手指抚弄着它们。她完全知道我因前列腺治疗失去了那种功能，这样做只是为了逗我，她笑了，那是温柔的嘲笑。在她的葬礼上，我们的外孙朗读了自己作的诗歌《外婆，笑口常开》，我觉得那诗的题目真是太好了，孩子气的语言几乎让我流下眼泪(虽然我怀疑大部分文字是恩凯鲁捉刀)。

我进屋时环视了一下院子。哈里森会一点园艺，基本上也就是在这个时节浇浇水。玫瑰枝丛还只是一些根茎，但至少抗逆性很好的樱桃枝丛露出了一点暗绿。我打开电视机。屏幕上仍是一片雪花点，虽然奥塔格布医生的儿子，那个性情开朗的年轻人(他是电子工程专业的学生)上个星期刚来修过。自从上回遭雷击之后，我的卫视频道也挂了，我还没有去卫星电视管理站找人来修理。几个星期缺了BBC或是CNN没有多大关系，不过国家旅游频道的节目信号相当好。几天前，国家旅游频道播出了一个访谈节目，又是一个人出来谈论可恶的进口假药——这回是针对伤寒症的药物。“我们

① 科托努，尼日利亚邻国贝宁的港口城市，濒临几内亚湾。

的药品毒不死人，”他面朝摄像机瞪大眼睛，像是在恳请公众理解，“只不过就是治不好病罢了。”我关了电视，因为无法继续面对那人鲸脂般厚厚的嘴唇。但我没有觉得愤怒，没有表现出本该（如果没有伊贝瑞）有的愤怒。我只是希望他不要再跑到中国或是印度，或是随便什么地方，去进口过期药品，那种药品肯定不会置人于死地，但绝对会让疾病夺走病人的生命。

我为什么从未这么想过，战后过了这么多年，伊克纳·奥柯罗居然没有死。事实上，我们有时是听说过，别人以为他在一九七〇年一月已经死去，过了几个月或是几年后，他又出现在圈子里，我只能想象，那些不敢相认而又心存希冀的家人，满心疑惑地朝这些倒霉汉身上扔出了多少沙土。然而，我们几乎无法谈及那场战争。一旦谈及，也只是用极为含糊的态度，好像重要的不是我们曾缩在壕坑里躲避空袭，过后去埋葬那些皮肤泛红的烧焦的尸体；也不是我们曾啃过木薯皮，看着我们孩子膨胀的瘪肚，而是我们活下来了。这是我们所有的人，所有比亚夫拉战争幸存者心照不宣的共识。即便是伊贝瑞和我，我们曾为第一个孩子是否取名为“齐克”有过数月的争议，但“恩凯鲁卡”这个名字很快就定下来了：未来会更好。

我现在坐在书房里，我曾在这儿给学生的论文打分，辅导恩凯鲁做中学数学作业。扶手椅的皮革已磨旧了。书架上方的彩色粉笔画剥落了。书桌上，厚厚的电话簿上搁着电话机。也许电话铃声会响起，恩凯鲁跟我说起我外孙的事儿，他今天在学校里表现很好，我听了笑逐颜开，尽管我知道美国的教师都挺粗枝大叶，而且轻易就给学生一个“A”。如果电话铃不响，我就洗澡上床，静静地躺在黑暗的卧室里，听着房门打开又关上的声音。

上个星期一

从上个星期一开始，卡玛拉就经常站在镜子前面。她从这边转到那边，审视着自己凹凸起伏的腰身中段，想象着这身段作为一本书的封面会怎么样，接着她会闭上眼睛想象着崔西那染了颜色的指甲抚过书面。她冲完马桶就这样站在盥洗室的镜子前。

她出去时，乔希站在门口。崔西那个七岁大的儿子。他有着和他母亲一样浓密而没有弧线的眉毛，就像画在眼睛上方的两道直线。

“嘘嘘还是便便？”他用娃娃音嘲笑地问。

“嘘嘘。”她走进了厨房，威尼斯百叶窗的灰色光影投射在长形餐边柜上，他们每天下午都在那儿为他的“阅读马拉松”竞赛做练习。“你喝完菠菜汁了吗？”她问。

“喝完了。”他望着她说。他知道——他肯定知道——她每次走进盥洗室之前把那杯绿色菜汁递给他的唯一理由就是给他倒掉的机会。乔希第一次喝这菜汁就不喜欢，他做了个鬼脸说：“呀，太讨厌了。”

“你爸爸说你每天晚餐前得喝完它。”卡玛拉曾这么对他说过，“只有半杯，一转身就能解决。”她说着转身进了盥洗室。事情就是这样。她出来时，那只玻璃杯空了，就像现在这样，倒进了洗涤槽里。

“我来给你做晚餐，你得在你爸爸回来之前把‘赞尼·布莱尼’①都搞定，好吗？”她说。用美国人的腔调说“都搞定”在她嘴里仍然显得不那么流畅轻快，可她是为了乔希才这么说的。

“好啊。”他说。

“你想用鱼还是鸡肉来配饭？”

“鸡肉。”

她打开冰箱。最上面一层堆放着塑料瓶装的有机菠菜汁。两星期前搁进去的是一罐罐草药茶，因为当时尼尔正好读到一篇《儿童适饮的草药茶》的文章，在这之前，那里摆着豆饮料，豆饮料之前，是有助骨骼生长的蛋白质奶昔。卡玛拉知道，菠菜汁很快就会出局，因为今天下午到这儿时，她第一眼就注意到了那本《蔬菜汁完全指导》不再摆放在餐边柜上了，想必尼尔周末把它塞进抽屉里了。

卡玛拉拿出一盒有机鸡丝。“你干吗不躺下来看一会儿电影，

① 赞尼·布莱尼，美国著名玩具商，这里指这个商标的一种助学玩具。

乔希?”她说。他想坐在厨房里看她做饭，但他看上去有些厌倦了。另外四个“马拉松阅读”决赛者可能也和他一样厌倦了，他们的嘴巴由于不停地翻滚着不熟悉的词语而酸胀不堪，他们的身体因为想到明天的竞赛而绷得紧紧的。

卡玛拉看着乔希往DVD播放机里插进一张《淘气小兵兵》，在沙发上躺了下来，一个橄榄色皮肤的瘦小孩蜷着身子缩在那儿。“混血种”，这是尼日利亚国内的人用来称呼像他这种孩子的词，这个词的意思是，“长相酷，肤色浅，帅气，能够出国探望白种的外祖父母”。 卡玛拉以前总是对那些富有魅力的混血人种没什么好气。但在美国，“混血种”不是一个好词。这是卡玛拉在应聘《费城城市报》的保姆广告时才知道的。广告上说那份工作报酬丰厚，交通方便，不需要开车。尼尔在电话里听说她是尼日利亚人好像很惊讶。

“你英语说得这么好——”他说，这话有些惹她不高兴了，他这么惊讶是什么意思，他以为英语是他的私人财产吗?而就因为这个(尽管托贝奇警告过她不要提起自己受过的教育)，她还是告诉尼尔，她有硕士学位，当时她刚来美国与丈夫团聚，在等待绿卡(有了绿卡才能找到合适的工作)期间想通过做保姆来挣点钱。

“好吧，乔希学期结束之前我家需要有人来照管他。”尼尔说。

“没问题。”卡玛拉马上说。其实她没必要说自己有硕士学位。

“你是否能教乔希一些尼日利亚语?他放学后在学法语，一周两次。他要去一个犹太教堂修学龄前的功课，他们在那儿为他做一个四岁孩童的入学考试。他非常安静，挺乖的，是一个很棒的孩子，可我关心的是，学校或我们周围是否有跟他一样的双重人种的孩子。”

“双重人种？”卡玛拉问。

尼尔轻咳了一下。“我的妻子是非洲裔美国人，我是白人，犹太人。”

“噢，他是个混血种。”

一阵停顿，尼尔的声音变得厚重严肃了。“请不要使用这样的字眼。”

他这语气让卡玛拉连忙道歉说“对不起”，尽管她不知道为什么要道歉。而且，那声音让她确信，这份工作没戏了，所以，当他要求她留下地址以便他们几天后联络她时，她颇感吃惊。他身材很高，下巴很长。他说话流利平静，几乎有镇定人心的作用，也许跟他的律师职业有关。他在厨房里会见了她，他的身子靠在餐边柜上，询问她在尼日利亚的生活情况，还告诉她，乔希从小就知道自己有犹太人和非洲裔美国人的双重背景，所有这一切使得电话机上写着**“对枪支说不”**的银色报事贴显得顺理成章了。卡玛拉不知道这孩子的母亲在哪里。也许尼尔杀了她，把她塞进了大箱子里。卡玛拉过去几个月在电视里看过一些法制节目，知道这些美国人有多疯狂。但她听久了尼尔的言谈，就更加明白他连一只蚂蚁都不会杀害。她感觉到他身上的脆弱和种种焦虑。他告诉她，他担心乔希在学校里由于和别的孩子不一样而日子很不好过；乔希可能会不快活；乔希可能会厌烦自己；他是家里唯一的孩子，乔希年纪稍长后可能会质疑自己的童年；乔希可能会压抑。卡玛拉有时会打断他，问道："为什么你要担心这些没有发生的事呢？"说实在的，她自己对这份工作也不敢十分确定。他确实是给了她这份工作——乔希放学后一直到六点三十分，每小时十二美元，现金支付——她仍然不能肯定，因为他所需要的，真正需要的，是她的倾听，而且不需要很长时间的倾听。

尼尔告诉她，他管束孩子的方法是讲道理。他从来不打乔希，因为他不相信滥施体罚能管好孩子。尼尔说："如果你让乔希明白什么样的行为是不恰当的，他就不会再犯。"

卡玛拉想说，打孩子就是对他的约束，当然滥施体罚是另一回事。她在报纸上看到过，美国人所谓的滥施体罚就是在孩子皮肤上揿灭香烟。但她还是说了托贝奇教她的话："我对打孩子的看法和你一样。当然，我只使用你允许的约束方式。"

"乔希的饮食习惯很健康，"尼尔继续说道，"我们几乎从来不让他吃含高果糖的玉米糖浆、漂白面粉或是反式脂肪。我会把所有的要求都给你写下来。"

“好的。”她没弄明白他说的是什么意思。

离开前她问：“他母亲是做什么的？”

“崔西是个艺术家。她目前长时间都待在地下室里，她在做一个大项目，一项任务。她要赶工期……”他的声音慢慢低下去。

“噢。”卡玛拉看着他，有些困惑不解，心想难道美国人就是这样吗，她必须要这样来理解他所说的话，理解为什么不是男孩的母亲来见她。

“目前不允许乔希去地下室，所以，你也不能去那儿。如果有什么问题你可以给我打电话。我的号码贴在冰箱上。崔西一直要到晚上才上来。斯古特斯每天会给她送汤和三明治去，她那儿什么都有。”尼尔停了一下，“你在任何情况下都不能去打扰她。”

“我来这儿不是为了打扰什么人的。”卡玛拉说，声音有点儿冷，因为突然间他对她说话的口气有些像尼日利亚国内的人对待家中女佣的样子。她本来不该听了托贝奇的话来给陌生人的小孩擦屁股，她不该听从他说过的——这些高档住宅区的白人不知道拿自己的钱怎么办好。但即使在她走向车站抚慰着自己受伤的自尊时，她也明确知道自己不需要被说服什么。她要一份工作，不管什么工作，她需要一个每天离开公寓的理由。

如今，三个月过去了。做了三个月乔希的保姆，听了三个月尼尔的担忧，执行了尼尔由焦虑驱使的指示，佯装对尼尔滋生了一种怜悯之情。三个月里没有见过崔西。最初，卡玛拉对那个女人颇为好奇，她光着脚在婚礼上的照片就摆在小房间的架子上，她有一头长长的鬈发，皮肤的颜色像花生奶油。卡玛拉不知道崔西是否会走出地下室，或是什么时候出来。有时候，她会听到地下室有动静，门砰地关上，微微传出一阵常见的那种古典乐曲。她不知道崔西会不会来看自己的孩子。每当她试图和乔希聊起他母亲时，他总是说："妈妈工作很忙。如果我们去打扰她，会让她发疯的。"因为他一直小心翼翼地让自己看上去对此事无所谓，她也不便对他更多地盘问。她辅导他做家庭作业，和他一起玩牌，看 DVD，告诉他一些自己小时候玩过的小花招，当他听话时，她表现出很舒心的样子。崔西的存在渐渐变得不重要，有点像卡玛拉往尼日利亚给母亲打电话时，线路中发出的背景声。直到上个星期一。

那天，乔希在盥洗室，卡玛拉坐在厨房桌边检查他的家庭作业，突然她听到背后有什么声音。她转过身，以为是乔希，不料却是崔西，紧身裤和紧身毛衣把身材勾勒得玲珑有致，她微笑着，用染着指甲油的手指把脸庞旁边一缕长长的鬈发拢向脑后。在她俩眼神相触的奇妙时刻，卡玛拉突然再次希望自己能减减肥和化点妆。这女人有的东西你不是也有吗？她的朋友倩薇会这样说。这是不是挺可笑的啊？自从上个星期一之后，甚至就在她不再吃油炸大蕉、在南街美发店把自己的头发编成塞内加尔式发辫、仔细察看美容品店的睫毛膏时，卡玛拉也这样说过自己。这样说自己并没有改变什么，因为那天下午在厨房里发生的事是某种奢望的展示，因为现在推动她生活的一个主要动力就是想着崔西再次从地下室上来。

卡玛拉把鸡片塞进烤箱。尼尔由于不能按时回家，只能让她为乔希打理晚餐而多付她三美元。她感觉有些好笑，“做晚饭”听起来像是一桩挺难的事儿，实际上只是一连串拆除包装的动作：打开纸盒或袋子，把东西搁进烤箱或微波炉。尼尔真应该看看她在国内是怎样用那只积满烟炱的煤油炉做饭的。烤箱发出了嘀嘀声。她在乔希盘子里那一小堆米饭上摆放了一圈鸡片。

“乔希，”她喊道，“晚饭好了。你想用冻酸奶当餐后甜点吗？”

“好的。”乔希咧嘴一笑，她想到他那两片嘴唇和崔西真像。她的脚趾在餐边柜角上撞了一下。自从上星期一以后，她经常会磕磕碰碰。

“你没事吧？”乔希问。

她揉了揉脚趾。“没事。”

“等等，卡玛拉。”乔希跪在地上亲吻了一下她的脚，“这样，疼痛就会被赶走了。”

她低头看着他的小脑袋，那上面的头发可怜巴巴地鬈曲着，她想紧紧地拥抱他一下。“谢谢，乔希。”

电话铃响了。她知道是尼尔。

“嗨，卡玛拉。家里都好吗？”

“都挺好的。”

“乔希怎么样？他对明天的事儿感到害怕吧？他紧张吗？”

“他没事儿。我们刚做完了练习。”

“不错。”一阵停顿。“我能很快和他打个招呼吗？”

“他在盥洗室。”卡玛拉压低了声音，看着乔希关掉DVD播放器。

“好吧，我很快就会回家的。实际上，我刚把最后一个客户送出办公室。我们竭力想要她丈夫同意庭外和解，她觉得这事已经拖得够久的了。”他短促地笑了一下。

“嗯，那就这样吧。”卡玛拉刚想放下电话，突然意识到尼尔还想说话。

“卡玛拉？”

“什么？”

“我有点儿担心明天的事儿。你知道，我真的拿不准这样的竞赛对于他这个年龄是否合适。”

卡玛拉放水冲掉深绿色汁液的最后一点痕迹。“他挺好的。”

“我想带他去赞尼·布莱尼玩具店，让他把比赛的心思转移一下。”

“他挺好的。”卡玛拉再次说。

"你愿意去赞尼 · 布莱尼吗？完了我会送你回家的。"

卡玛拉说她情愿早些回家。她不知道自己为什么要撒谎说乔希在盥洗室里，这么脱口而出太容易了。之前，她也可能会跟尼尔聊上几句，可能会陪他们一起去赞尼 · 布莱尼，可是现在她跟尼尔不会再有那种关系融洽的感觉了。

她手里仍拿着听筒，那里面发出滴滴滴的声音。她摸了一下尼尔最近刚刚贴在机座上的贴纸：**保护我们的天使**，就是他称之为"抓狂"的那天之后贴上去的，因为他在网上看到一张照片，一个孩童性骚扰者最近刚刚搬到他们家附近，那人的模样看上去就像个"UPS"快递员。*乔希在哪儿？乔希在哪儿？*尼尔问，好像乔希可能会待在任何地方，就是不待在家里。卡玛拉对他的忧心忡忡感到束手无策。她已经开始意识到美国父母都患上了焦虑综合征，随之而来就是过量的饮食：肚子吃得过饱让美国人有时间去担心自己的孩子也许会患上什么罕见疾病（那种疾病他们只是在报刊杂志上见过），让他们觉得自己有保护孩子免遭失望、免遭匮乏和免遭失败的权利。塞得饱饱的肚子让美国人能够因自己是好父母而大肆夸耀自己，好像照顾孩子不是人之常情而是额外的奉献。卡玛拉曾看着电视中的女人感到很搞笑，她们大谈自己有多爱孩子，为了孩子做出了多大的牺牲。现在，这样的情形让她感到不快。自从她月复一月来这儿做保姆之后，她开始对电视里那些指甲修得漂漂亮亮、似乎毫不费力地怀着孩子、脸上带着所谓“健康父母”的轻松表情的女人们有点看不惯了。

她放下听筒，拉扯着那张黑色报事贴(黏得不牢，轻轻一扯就能扯下来)。尼尔面试她时，写着“**对枪支说不**”的报事贴是银色的，这是她对托贝奇提到的第一个印象，她看着尼尔的手指在那张贴纸上抚过来抚过去，给她非常奇怪的感觉，好像那是一种仪式。但托贝奇对报事贴不感兴趣，他要她尽可能描述许多有关房子的细节。是殖民地风格吗？房子有多久了？他的眼睛一直闪烁着梦幻般的光芒。“我们将来也要在阿德莫尔①或‘干线’沿途的高尚住宅区住上这样的房子。”他说。

她什么都没说，因为对她来说，重要的不是他们住在什么地方，而是他们会成为什么样的人。

她和托贝奇是在恩苏卡校园里认识的，当时两人都在大学的最后一年，他读工程，她读化学。他是个安静的、书生气的小个子男人，是那种爹妈称之为“有前途”的男孩。但吸引她的却是他凝视她的目光，那种充满敬畏的目光让她喜欢上了自己。一个月后，她就搬进了他的男生宿舍(校园大道上有三排男生宿舍)，他们无论去

---

① 阿德莫尔，费城郊外的一个住宅区。

哪儿都在一起，两人坐在同一辆载客摩托车上，卡玛拉坐在摩托车手和托贝奇之间。他们在墙壁黏滑的浴室里，在一个水桶里洗澡，他们在外面用他的小炉子做饭吃，他的朋友们开始叫他“女人包装用品”时，他只是笑笑，好像觉得他们这样说是因为不知道自己错失了什么。他们完成“全国青年服务”工作后不久，就举行了婚礼，婚礼如此仓促是因为托贝奇的一个叔叔——一个本堂牧师，将他的名字加入“福音信仰布道会”团体，使他获得了美国签证。他们两个都知道，到美国去生活将会非常艰难。托贝奇要先在美国找到一份工作，两年后拿到绿卡再来接她。但两年过去了，接着又是四年，她在恩努古一家中学教书，课余一边读硕士，一边照顾朋友孩子施洗礼等事宜，而托贝奇在费城为一个尼日利亚人开出租车，那人蒙骗手下所有的出租车司机，因为他们都没有正式的工作签证。这样又过了一年。托贝奇没法寄来更多的钱，因为大部分钱要用在他所说的“各种证明”上。她的姑表姨妈们的唠叨越来越多：这男孩在等什么呀？如果他没法在那边站住脚、过来接妻子，他应该告诉我们一声才对，因为女人等不起呀！在他俩通电话时，她能听出他声音中的疲惫，而她安慰他，想念他，独自一人时哭泣着——直到那一天来临：托贝奇在电话里说他的绿卡拿到了，就放在他的面前，绿卡其实不是绿色的。

卡玛拉一直都记得，当她到达费城机场时，空调里出来的那种不新鲜的空气。她仍拿着自己的护照，在托贝奇配偶那页上折了一个角，当她走出机场出口时，他已经等在那儿了，他的肤色更浅了，人更圆胖了，他开怀大笑。六年了。他们拥抱在一起。在车上，他告诉她，他以前的证明文件都是单身的，所以他们得在美国重新结一次婚，这样他就可以为她申请绿卡。他们到他的公寓时他脱下了鞋子，她看着他的脚趾，深色的脚趾衬着厨房乳白色的油毡地，她注意到他脚趾上长出了毛发。她记得他的脚趾以前是没有毛发的。他开口说话时她凝视着他，他的伊博语时不时会掺入美国口音的英语。比如说伊博语的“Amah go”，他会说成英语“我要去”。他在电话里说话不是这样的。抑或，她没注意到？只是因为他跟她期待中的那个大学里的托贝奇不一样了？他不断地发掘记忆，提起那些事情时有些夸张，他很乐意回忆那些往事：你还记得那天晚上，我们在雨中买酥牙①吃的事儿？她记得。她记得当时电闪雷鸣，他们在时明时暗的电灯下吃着夹有生洋葱的软绵绵的煎肉，眼睛被辣出了泪水。她记得第二天醒来时，嘴里还有浓烈的洋葱味儿。她还记得，他们的关系似乎毫不费力就发展起来了。现在，他俩的沉默显得非常别扭，但她告诉自己，情况会好起来的，

---

① 酥牙(Suya)，尼日利亚北部的一种食物。

毕竟，他们分开了很长一段时间。在床上，除了皮肤和皮肤的摩擦，什么印象都没有，而她还清楚地记得两人之间曾经有过的亲密，他是沉默的，是那么轻柔而坚实，她大声喘息着扭动着身体。现在，她都不知道这是不是同一个托贝奇，这个人似乎非常急切而夸张，最让人受不了的，就是他开始用那种装逼的腔调跟她说话，我要操你。我要操你，弄得她直想抽他的脸。第一个周末，他带她去看费城，他们在老城来回晃悠，一直逛到她累得走不动，他让她坐到一张长椅上，他去给她买瓶水来。他回来时，她看着这个穿着松松垮垮的牛仔裤和T恤、身后映着橘色阳光的人，那一刻，她觉得自己根本不认识这个人。他有了一份新工作，是“汉堡王”的经理，他回家时会带来一些小礼物：最新出刊的《本质》杂志，从非洲人开的商店里买来的“马尔蒂纳”牌啤酒，一块巧克力。那一天，他俩在法庭，当着那个一脸不耐烦的女人的面交换婚姻誓言，他在为自己的领带打结时幸福地吹起了口哨，她却以某种绝望的悲哀看着他，非常想感受到他那种快乐。她觉得自己手掌里握住的那种感情，已经不复存在了。

他去上班时，她就在公寓里走来走去，看电视，冰箱里有什么就吃什么，甚至连面包留下的屑屑，也用勺子舀来吃了。她的衣服紧紧束在腰身和腋下，出门时她就在身上松松垮垮地披一件披风，在胳膊下面打个结。她终于和托贝奇在美国生活在一起了，终于和她的男人在一起了，但也不过是平淡无奇。她只能和倩薇聊聊这事儿。倩薇这个朋友从来没有批评过她对托贝奇的等待，如果她把自己在床上的感受(但早上却又不想起床)告诉倩薇，她也许会明白她的困惑何在。

她打电话给倩薇，可刚喂了一声，倩薇就哭了起来。又闹出了一个因倩薇丈夫而怀孕的女人，她丈夫打算付钱给那女人，因为倩薇生了两个女儿，而那女人生过许多儿子。卡玛拉拼命安慰倩薇，帮她大骂那个不三不四的丈夫，挂上电话时，对自己的境况却只字未提，她总不能对着一个没有腿的人来抱怨自己没有鞋。

在与母亲的通话中，她说一切都挺好的。母亲说：“我们很快就能听到小脚轻拍①的消息了。”她说了声：“是啊！”表示同意这个祝福。她也这么努力了：托贝奇在她上面时，她闭上眼睛，希望自己能怀上孕，因为，如果这样做都没有把她从沮丧中拽出来，至少也能给予她关心的东西。托贝奇曾给她买过避孕药，因为他觉得这一年内不能要孩子，为了能站住脚跟，为了享受两人世界，但她每天都把那颗药丸冲进抽水马桶里，并奇怪着，他怎么就看不出她的郁闷和沮丧呢，两人之间似乎无法沟通。但自从上星期一以后，他还是注意到她身上的变化了。

---

① 小脚轻拍，谑语，指孩子即将出生。

“卡玛，你今天容光焕发哟。”那天晚上他搂着她说。他很高兴她露出欢快的样子。她是既兴奋又抱憾，因为她无法和他分享那种情绪，因为突然间她在某种程度上再次确信这事情跟他完全无关。她不能告诉他崔西是怎样从地下室走上来，走进厨房，她当时是多么惊讶，因为她已不再去想这位母亲会是什么样子了。

“嗨，卡玛拉，”崔西说着向她走过来，“我是崔西。”她有一种低沉的嗓音，她那女人味十足的身体像是会流动的液体，她的套衫和双手都沾着颜料。

“噢，你好，”卡玛拉微笑着说，“很高兴终于见到你了，崔西。”

卡玛拉伸出手去，但崔西却近身来摸了摸她的下巴。“你用过牙套吗？”

“牙套？”

“是啊。”

“没有，没用过。”

“你有一副最美丽的牙齿。”

崔西的手仍然托着她的下巴，把她的脑袋略微朝上抬起，卡玛拉第一次觉得自己就像个崇拜别人的小女孩，接着又有点像个新娘。她再次微笑着。她完全知道自己的身体、崔西的眼睛，跟她身体贴得多么近，如此之近。

“你给艺术家做过模特儿？”崔西问。

“没有……没有。”

乔希进了厨房便冲向崔西，他非常兴奋。“妈妈！”崔西抱住他吻了他，然后揉着他的头发。“你的工作完成了吗，妈妈？”他黏在她的身边问。

“还没有，甜心。”她似乎对厨房很熟悉。卡玛拉原以为她会不知道杯子在哪里，或是不知道怎样使用滤水器。“我有点卡住了，所以我想还是上来一会儿吧。”她轻抚着乔希的头发。她转向卡玛拉。“是我喉咙这儿卡住了，你知道吗？”

“知道。”卡玛拉说，虽然她并不知道。崔西凝视着她眼睛的样子让卡玛拉的喉咙有哽咽的感觉。

“尼尔说你有硕士学位。”崔西说。

“是的。”

“那太好了。我讨厌大学，我都等不及大学毕业！”她大笑起来。卡玛拉也笑了。乔希也笑了。崔西的手指掠过桌上的邮件，拿起一封撕开信封，又搁了回去。卡玛拉和乔希一声不响地看着她。然后她转过身。“好啦，我想我还得回去工作了。以后再见吧。”

“你为什么不能让乔希看看你工作的情况呢？”卡玛拉问，因为她无法接受崔西离去。

崔西似乎思忖了一下这个建议，然后走向乔希：“你想看吗，伙计？”

“想啊！”

地下室里，靠墙搁着一幅宽大的画。

“真漂亮，”乔希说，“是吗，卡玛拉？”

在她看来，那好像一片随意泼溅的颜料。“是啊，真不错。”

她对地下室本身更好奇，崔西就生活在这里，塌下去的沙发、随意放置的桌子和沾有咖啡渍的马克杯。崔西在呵着乔希的痒痒，乔希大笑着。崔西转向她。“对不起，这里乱七八糟的。”

“不乱呀，挺好的。”她想帮崔西整理一下，只要能留在这里，做什么事都行。

“尼尔说你刚到美国不久？我想听听尼日利亚的消息。我一两年前还在加纳。”

“噢。”卡玛拉感到腹中有抽紧的感觉，“你喜欢加纳吗？”

“非常喜欢。我所有的灵感都来自于祖国。”崔西仍在呵着乔希，但她的眼睛却盯在卡玛拉身上。“你是约鲁巴人？”

“不，我是伊博人。”

“你的名字有什么含义吗？我说得正确吗？卡—玛拉？”

“正确。这是卡玛拉奇左罗尼耶的简称，意思是：‘愿神的恩惠充满你。’”

“很动听，就像音乐。卡玛拉，卡玛拉，卡玛拉。”

卡玛拉曾想象崔西会再念一遍她的名字，而这一次，在她听来是悄声细语。卡玛拉，卡玛拉，卡玛拉，在她们的身躯随着这音乐般的名字摆动时，她会这样念叨。

乔希拿着画笔跑来跑去，崔西追着他，他们跑近卡玛拉。崔西停下了。“你喜欢这份工作吗，卡玛拉？”

“喜欢，”卡玛拉有些惊讶，“乔希是个挺乖的孩子。”

崔西点点头。她再次伸出手，轻拂着卡玛拉的脸。她的眼睛里映着碘钨灯的光。

“你肯为我脱下衣服吗？”她的声音像呼吸一般轻柔，轻柔得卡玛拉几乎分辨不出音节。“我想画你。”她说。

卡玛拉知道自己连气都顺不过来了。“噢。我不知道行不行。”她说。

“考虑一下吧。”崔西说，然后转向乔希说，她要开始工作了。

“乔希，该喝菠菜汁了。”卡玛拉用过于响亮的声音说，她上楼时，心里期望着自己能够更大胆地表露，期望着崔西再次上来。

尼尔开始准许乔希吃一点巧克力糖屑，那是因为他看过一本新书，得知无糖甜味剂有致癌作用，所以车库门打开时，乔希正在吃着撒有巧克力碎屑的有机冰镇酸奶。尼尔穿着一套挺括的深色西服。他把皮包搁在餐边柜上，朝卡玛拉打了个招呼，然后突然转身对乔希说。“嗨，小家伙！”

“嗨，爸爸。”乔希吻了他，尼尔用鼻子触着他的脖子时，他大笑起来。

“你和卡玛拉做的阅读练习进行得怎么样？”

“挺好。”

“你紧张吗，小家伙？你一定是最出色的，我敢打赌你会赢。但如果你没获胜那也没关系，因为你在爸爸心目中已经是个胜利者了。你准备好去赞尼·布莱尼店去了吗？那里肯定挺有趣的。‘伙伴的奶油球’可是最新到货的哦！”

“耶。”乔希推开盘子，开始检查自己的书包。

“我稍后来帮你检查学习用品。”尼尔说。

“我找不到鞋带了。我在运动场上拿出来过。”乔希从书包里找出一张纸。结垢的鞋带就缠在那张纸上，他解开鞋带。“噢，瞧啊！爸爸，还记得我在班上做的那个家庭特别安息日卡吗？”

“是这个吗？”

“是的！”乔希举起一张蜡笔彩画左右摇晃着。那上面，他用早熟的笔迹写着：卡玛拉，我很高兴你是我的家人。安息日平安！

“我上星期五忘记给你了，卡玛拉。所以，我只能等到明天再给你，好吗？”乔希一脸郑重地说。

“好的，乔希。”卡玛拉说。她把他的盘子拿到洗碗机那儿去洗。

尼尔从乔希手上拿过卡片。“你知道，乔希，”他一边说一边把卡片收回去，“你把这张卡片给卡玛拉真的很好，但卡玛拉是你的保姆和朋友，而这种卡片是给家人的。”

“莉亚小姐说我可以给卡玛拉的。”

尼尔看着卡玛拉，好像要寻求她对他的支持，但卡玛拉的眼神专注在洗碗机上。

“我们可以走了吗，爸爸？”

“当然。”

他们离开前，卡玛拉说：“祝你明天好运，乔希。”

卡玛拉看着尼尔的“美洲虎”车开出去了。她很想到地下室去，敲敲崔西的门给她送点什么：咖啡，一杯水，一块三明治，她自己。在盥洗室里，她轻轻拍打着新编的辫子，修饰着唇彩和睫毛膏，然后下楼走向地下室。她中途停了好几次，又返身折回。最终她冲下楼梯敲响了房门。她敲了又敲。

崔西开了门。“我还以为你已经走了。”她说，表情淡淡的。她穿着一件褪色的T恤和彩条牛仔裤，她的眉毛又浓又直，像是假眉。

“没有。”卡玛拉觉得好不尴尬。为什么上个星期一以后你就没有再上来？为什么你看见我的时候眼睛没有亮起来？“尼尔带着乔希去玩具店了。我祈盼着乔希明天的好运。”

“是啊。”她的神态中表露出某种烦躁和焦虑。卡玛拉不无忧虑地感觉到了这一点。

“我肯定乔希能赢。”卡玛拉说。

“也许吧。”

崔西身子往后退了一些，像是要关门了。

“你需要什么吗？”卡玛拉问。

崔西慢慢地微笑起来。她上前一步，靠近卡玛拉，近得贴住了卡玛拉的脸。“你会为我脱下衣服的。”她说。

“是的。”卡玛拉拼命绷紧腹部，这时崔西说：“好。但不是今天。今天不合适。”然后走进了房间。

第二天下午见到乔希之后，卡玛拉知道他并没有取胜。他坐在那里，在喝牛奶，面前摆着一盘小饼干，尼尔站在他身边。一个穿着不合体的牛仔裤的漂亮金发女子正在看着乔希贴在冰箱上的照片。

“嗨，卡玛拉。我们刚回来。”尼尔说，“乔希挺棒的。他真的应该赢。他肯定是最努力的孩子。”

卡玛拉抚摸着乔希的头发，把一块小饼干塞进他嘴里。

“这是玛伦，”尼尔说，“她是乔希的法语教师。”

那女人向卡玛拉打了个招呼，跟她握了握手，随即走进了休息室。那条牛仔裤的裤裆深深抠进了她的两腿中间，她脸颊两边由于腮红打得太多而显得很不自然，她和卡玛拉想象中的法语教师毫无相像之处。

“‘阅读马拉松’占去了太多的课程时间，所以我想给他在家里补补课，玛伦真好，她愿意来教乔希。你觉得呢，卡玛拉？”

“当然好。”突然间，她又喜欢起尼尔来了，她喜欢阳光透过百叶窗一道道窗栅照进厨房的景象，她喜欢这个法语教师能留在这儿，因为在她上课时，她也许就能到地下室去问崔西，现在是不是她脱下衣服的适当时候。她穿了一件新的性感文胸。

“我累了。”尼尔说，“我为了安慰他，给他吃了不少糖。他吃了两根棒棒糖。我们还在芭斯罗宾冰激淋店逗留了一下。”尼尔悄声说(乔希其实听得见)。尼尔以前也曾用这种其实没有必要的悄悄话语气告诉卡玛拉说，他把一本书捐给了乔希就读的贝思·希勒尔犹太会堂幼儿园中班，那是一本关于埃塞俄比亚犹太人的书，书上插图画的人的皮肤就像闪闪发光的土地，但乔希说老师根本没有给班上的小朋友读过那本书。卡玛拉想起，有次她说“乔希没事的”，尼尔感激地抓住了她的手，好像尼尔需要的就是有人来说这句话。

于是，卡玛拉说：“他会克服自己的情绪的。”

尼尔慢慢地点着头。“我吃不准。”

她伸出手，握住了尼尔的手。感到自己充满了慷慨之情。

“谢谢，卡玛拉。”尼尔停了一下。“我得走了。我今天要晚些回来。你做晚饭可以吗？”

“没问题。”卡玛拉再次微笑着。也许在乔希吃晚饭时，她可以回到地下室去，也许崔西会要求她留在那儿，那她就得打电话给托贝奇了，就说突然发生了什么事，需要她晚上留在那里照顾乔希。通向地下室的门开着。卡玛拉的兴奋之情让她的太阳穴噗噗地跳动起来，当崔西穿着紧身裤和沾满颜料的衬衫出现时，这种悸动更强烈了。崔西拥抱了乔希吻了吻他。“嗨，你是我的胜利者，伙计，我的特别的胜利者。”

卡玛拉很高兴崔西没有吻尼尔，他们互相道了声：“嗨，你好吗？”好像是兄弟姐妹那样。

“嗨，卡玛拉。”崔西招呼道。卡玛拉告诉自己崔西看上去很平常的样子，丝毫没有因为看见她而兴奋起来，那是因为不想让尼尔知道。

崔西打开冰箱，拿出一个苹果，叹了口气。“我的思路卡住了，卡死了。”她说。

“会好起来的。”尼尔喃喃地说。然后抬高了声音(这样可以让站在那边的玛伦也听见)，“你还没见过玛伦吧？”

尼尔给她们作了介绍。玛伦伸出了手，崔西握住了她的手。

“你戴隐形眼镜吗？”崔西问。

"隐形眼镜？没有。"

"你有一双最不同寻常的眼睛。紫罗兰色的。"崔西仍然握着玛伦的手。

"噢，谢谢。"玛伦神经质地发出咯咯的笑声。

"真的是紫罗兰色的。"

"噢，是吗，我想是的。"

"你给艺术家做过模特儿吗？"

"噢……没有……"玛伦咯咯地笑。

"你应该考虑一下。"崔西说。

她把苹果送到嘴边慢慢咬了一口，她的双眼一直凝视着玛伦的脸。尼尔带着宠溺的微笑望着她们，卡玛拉的目光移向别处。她在乔希身边坐下来，从他的盘子里拿了块小饼干。

猴 跳 山

小木屋顶上都苫着茅草。这些名叫“狒狒小舍”和“豪猪栏”的住所都有手绘图案，边上是一扇木门，木门通往鹅卵石小径，小木屋的窗子都敞开着，这样客人就能在蓝花楹的飒飒声和海浪拍岸的阵响中醒来。柳枝编织的盘子里盛着精选好茶。中午时分，那些小心谨慎的黑人仆佣已铺好了床，清洗了精致的浴缸，给地毯吸过尘，将野花插进手工精制的花瓶里了。乌祖娃觉得奇怪的是，非洲作家工作坊居然在这里举办，在开普敦城外的猴跳山。这地方的名字本身就很不搭调，因为这儿有一种饱食终日的餍足感，在她想象中，这儿应该涌满了外国游客，跑来跑去给蜥蜴拍照，回到家以后还是基本上不明白为什么在南非，黑人比红头蜥蜴多。过后，她会知道是爱德华·坎贝尔选了这里，因为几年前他在开普敦大学教书时，周末常来这个地方。

但她不知道，这天下午就是爱德华来机场接她的，那个戴夏帽的老人，笑起来露出前面两颗长着霉菌斑的门牙。他吻了她两边脸频。他问她在拉各斯领取事先付款机票有没有遇到什么麻烦，他问她是否介意在机场等一下稍后抵达的一个乌干达人的航班，问她是否觉得饿。他告诉她，他妻子伊莎贝拉已经接走了参加这个工作坊的大部分来宾，他的朋友西蒙和赫敏来自伦敦(他们是有薪酬的工作人员)，正在住地安排一个欢迎午餐。他和乌祖娃一起坐在机场抵达处的一张长椅上。他正了正扛在肩上的标示牌(上边写着那个乌干达人的姓名)，告诉她，这时节开普敦的气候有多潮湿，他对工作坊的活动有多高兴。他说话时拉长每一个单词的音节。他的口音是英国人称之为“高尚体面”的，是尼日利亚富人们想要模仿而不料说出来却变得不伦不类招人笑话的那种。乌祖娃不知道是不是他选中了自己来这工作坊。也许不是，是由英国理事会确立标准和人选的。

爱德华起来走了一小会儿，坐下时离她近了一些。他打听她在尼日利亚的家乡在哪里。乌祖娃打了个大大的呵欠，借此希望他不再聊天。他却又重复了自己的问题，又问她是不是请假前来工作坊的。他专注地看着她的脸。他的年纪很难辨别，六十五岁至九十岁都可以说。她不能以他的脸庞来判断他的年岁，这张脸是令人愉快的，但也是未成形的，好像上帝造人时一巴掌把他拍到了墙上，然后在那张脸上涂抹出五官来。她含糊地笑了一下，说她在离开拉各斯之前刚刚失业——一份银行的工作——所以，不需要请假。她又打了个呵欠。他似乎很有兴趣了解更多，而她不想再多说了，所以，当抬头看见乌干达人正向他们走来时，她松了一口气。

乌干达人看上去睡意蒙眬。他三十出头，一张四方脸，深色皮肤，无需打理的头发紧绷绷地缠结成一个个小球。他和爱德华彼此握手时还朝对方鞠了一躬，然后转向乌祖娃含混地嗨了一声。他坐在“雷诺”车的前排。机场到住地路程很远，一路上眼前不断闪现悬崖峭壁，爱德华年纪虽大开车却很快。她提心吊胆了一路，最后总算看见了那些苫着茅草顶的度假屋和修饰得整整齐齐的小路。一个笑眯眯的金发女人领她去住那个名叫“斑马厩”的小木屋，里面有一张四柱大床，亚麻床品散发着熏衣草的香味。乌祖娃在床边坐了一会儿，然后起身打开行李，不时朝窗外张望，搜寻着可能藏身在冠盖如云的大树中的猴子。

扫兴的是，一只猴子都没有，过后他们坐在斜坡那儿的粉红大伞下用午餐时，爱德华会跟与会者说起，餐桌搁在栏杆旁边，他们俯身就能看见青绿色的大海。他指着每一个人给大家作介绍。那个南非白种女人来自德班，那个黑人来自约翰内斯堡。那个坦桑尼亚人来自阿鲁沙，那个乌干达人来自恩德培，那个津巴布韦女人来自布拉瓦约，那个肯尼亚人来自内罗毕，而那个塞内加尔女人，最年轻的一位(只有二十三岁)，来自巴黎，她在那儿读大学。

爱德华最后介绍乌祖娃：“乌祖娃·奥干杜是尼日利亚人，她住在拉各斯。”乌祖娃环视了一下餐桌周围，不知道她会和谁结为朋友。那个塞内加尔年轻女人似乎最有可能，她眼睛里闪着与周围不协调的火花，还有她的法语口音，她的粗辫子上缠着的银色条纹发饰。那个津巴布韦女人的辫子更长却更细一些，装饰在发辫上的贝壳随着脑袋摆动也左右摇晃着。她似乎很亢奋，显得过于活跃，乌祖娃觉得自己也许会喜欢她，但也就像喜欢酒精饮料一样——适可而止。肯尼亚人和坦桑尼亚人看上去普普通通，几乎毫无特征——高个子、宽额头，留着未经修饰的胡子，穿着有图案的短袖衬衫。她觉得自己也许在不投入情感的状态下会喜欢这两个人，因为谁都喜欢没有威胁的人。对那两个南非人她不太吃得准：那个白人妇女有一张过于诚恳的脸，完全没有幽默感，一点都没化妆，那个黑人的脸相有一种耐心的虔诚，就像那些挨家挨户上门传道、就算每一扇门都向他关上还报以微笑的“耶和华见证人”。至于那个乌干达人，在机场时她就不喜欢他了，这会儿，由于他回答爱德华的提问时那种谄媚的样子(对爱德华说话时他的身子便倾斜过去，而对其他人则完全不是这样)就更不喜欢他了。他们每个人都轮流对爱德华说了几句话。他们都知道他是去年“利普顿非洲作家奖”的获得者，奖金有一万五千镑。他们有礼貌地叙聊各自的航班时爱德华没有介入。

他们吃完装饰有草叶的奶油鸡，喝过装在光滑的瓶子里的苏打水之后，爱德华站起来发表了欢迎演讲。他讲话时眼睛有些斜视，稀疏的头发在微风中飘拂，带来一股大海的气息。他一开始讲了他们已经知道的一些事情——这个工作坊将持续两周，这是他的倡议，不过，当然啦，钱是由“张伯伦艺术基金会”给予的慷慨资助，就像“利普顿非洲作家奖”也是他的倡议，资金支持也来自基金会的慈善家们，希望他们每人都能有一篇作品发表在《演讲》杂志上，每个房间都配置了手提电脑，他们将利用第一个星期来写作，在第二个星期评议各自的作品，乌干达人将担任这个工作坊的领导。接着他谈起了他自己，谈起在过去的四十年里，在牛津时非洲文学如何引起他的兴趣，继而成为他毕业追求的事业。他的眼睛频频瞟向乌干达人。那个乌干达人每次都以会心的点头来回应他的眼神。最后，爱德华向大家介绍了他的妻子伊莎贝拉(尽管大家已经见过她了)。他告诉大家，她是一个动物权利保护者，她是老非洲了，因为她在博茨瓦纳度过了自己的青少年时期。当她起身时，他表现出一副骄傲的样子，好像她的高身材和清瘦的优雅弥补了他外表的不足。她的头发是一种哑红色，修剪得当的一绺绺头发恰如其分地衬托出她的脸庞。她轻轻拍了拍头发说：“爱德华，其实，简单点儿就行了。”但乌祖娃觉得，是伊莎贝拉要求作这个介绍的，也许她还为此提醒过爱德华了，她说，亲爱的，别忘了在午餐时恰当地介绍一下我。她当时的声音可能非常微妙。

第二天早餐时，伊莎贝拉坐在乌祖娃旁边，就是用这种声音和她说话的，她说乌祖娃的身材骨骼相当精致优美，肯定具有尼日利亚王族血统。乌祖娃第一个反应是，伊莎贝拉是否在伦敦时就用王室血统来解释朋友的标致外表。她没有这样问，而是说——因为她不能反驳——她确实是一个公主，有着古老的血统，十七世纪时她的某个祖先曾俘虏过一个葡萄牙商人，还留下了他，在王室的笼子里骄纵地豢养着。她停下来啜了一口曼越橘汁，冲着杯子笑了起来。伊莎贝拉欢快地说，她总是一眼就能看出王室血统，她希望乌祖娃能支持她的反对非法狩猎运动，因为这种事太可怕了，太可怕了，人们正在杀死那么多濒于灭绝的大猩猩，他们甚至不是为了吃猩猩肉，根本不是为了吃兽肉，只是取用它们的生殖器作为时髦的活动而已。

早餐后，乌祖娃给母亲打了个电话，告诉她关于度假胜地和伊莎贝拉的事儿，母亲听了咯咯直笑，这时她感到很开心。放下电话，她在手提电脑前坐了很长时间，心里想着母亲有多久没有开怀大笑了。她在那儿坐了很长时间，把鼠标从一处移到一处，想着要给她的人物取一个比较常见的什么名字，比如裘玛，或者比较异国风情一些，比如伊巴莱。

裘玛和母亲一起住在拉各斯。她有一个恩苏卡大学的经济学专业学历，最近刚刚结束了国家青年服务期，她每个星期四都会买一份《卫报》，在招聘栏里搜寻工作机会，将自己的简历塞进马尼拉纸棕色信封寄给雇主。好几个星期都没有回音。最后，她终于接到一个电话，请她去面试。那人问了几个问题就说要雇她，然后，他走过来站在她的背后，把手伸过她的肩膀，从身后按挤她的乳房。她轻蔑地制止了他，“蠢货！请自重些！”随即就走人了。接下来几个星期又是毫无音讯。她去帮助母亲料理她的时装店。她寄出更多的求职信。第二个面试官是个女的，她说她需要一个有国外教育背景的人，裘玛离开时几乎失声大笑。又是几个星期毫无音讯。裘玛有几个月没见到父亲了，她决定去他位于维多利亚岛的新办公室看看他能否帮自己找到工作。他们会面的气氛很紧张。“你为什么一开始没来呢，嗯？”他问，装出一副愠恼的样儿，其实她知道生气对他来说更容易些，对于一个你伤害过的人，摆出生气的样儿当然更容易。他打了几个电话。他给她薄薄的一卷两百奈拉的钞票。他没有问她母亲的情况。她注意到他办公桌上有一张黄种女人的照片。她母亲曾相当精确地描述过这女人：“她非常漂亮，看上去是个混血种人，其实她并不算很漂亮，她那张脸像是一只熟透了的番木瓜。”

猴跳山的主餐厅低悬着一盏枝形吊灯，低得乌祖娃伸手就能够到它。爱德华坐在铺着白桌布的长餐桌一头，伊莎贝拉坐在另一头，与会者们分坐两侧。侍者端着菜盘进进出出时，硬木地板被踩得咚咚作响。鸵鸟肉拼盘。烟熏鲑鱼。橘汁鸡肉。爱德华敦促大家赶快吃鸵鸟肉。它真是棒极了。可是乌祖娃不喜欢吃鸵鸟肉，她甚至不知道鸵鸟肉居然可以食用，她这话一说出口，爱德华自然就大笑起来，他说鸵鸟当然是非洲人的一种主餐。每个人都点了鸵鸟肉，当乌祖娃点的鸡肉（柑橘汁放得太多）送来时，她不知道自己是不是也该吃点儿鸵鸟肉。不管怎么说，那东西看上去像牛肉。她喝了很多酒，她一辈子都没喝过这么多酒，两杯下肚，她感到有些飘飘然的劲儿，就和那个塞内加尔人聊起了护理自然黑发的门道：不要用含硅产品，要多用乳木果油，只能在湿的时候梳头。她耳边刮到一句爱德华聊酒的话题：夏敦埃酒实在是寡淡无味。

后来，与会者们在那个露台上聚集在一起——除了那个乌干达人，他和爱德华、伊莎贝拉坐在另一边。他们一边拍着飞来飞去的昆虫，一边喝着酒，大笑着，互相取笑：你们肯尼亚人太听话！你们尼日利亚人太嚣张！你们坦桑尼亚人一点时尚感都没有！你们塞内加尔人被法国人洗脑了！他们聊着苏丹的战事、非洲作家群体的衰落，聊着书籍和作家。他们都认为达姆布德佐·马里契拉①很

① 达姆布德佐·马里契拉（1952—1987），津巴布韦小说家、诗人。

棒，阿兰·帕顿①有点纡尊降贵，而伊萨克·迪内森②是不可原谅的。那肯尼亚人说话时带有欧洲人惯常的腔调，他引用伊萨克·迪内森的话，说所有基库尤人③的孩子都在九岁时变得智力迟缓了。他们都大笑起来。那个津巴布韦人说阿契贝④很乏味，也没什么风格，肯尼亚人说那是亵渎，一把夺过津巴布韦人的酒杯，直到她放弃自己的看法，笑着说阿契贝当然是令人崇敬的。那个塞内加尔人援引索邦大学教授在课堂上的说法，认为康拉德的观点跟她本人的看法一致，她差点要吐出来了，好像她自己不能确定自己的观点似的。乌祖娃开始兴奋起来，咿咿呀呀，胡言乱语地模仿着康拉德笔下的非洲人，感觉甜丝丝的酒香味儿钻进了脑子里。那个津巴布韦人走路都踉踉跄跄的，一跤跌进了喷泉里，一头发辫都打湿了，爬出来时嘴里还胡诌着什么，她说她感觉到那里面有鱼在游来游去。肯尼亚人说他要把这细节写进小说里——度假胜地喷泉里想象中的鱼——因为他还不知道自己要写些什么。塞内加尔人说她的故事确实就是她自己的故事，故事说的是她怎样哀悼自己的女朋友，

① 阿兰·帕顿(1903—1988)，南非作家，反种族隔离活动家。

② 伊萨克·迪内森(1885—1962)，丹麦女作家。早年曾在肯尼亚经营农场，三十年代返回丹麦后开始写作，其代表作《走出非洲》一书影响很大。

③ 基库尤人，居住在肯尼亚中南部高原地区的种族，操班图语。

④ 契努阿·阿契贝(1930—)，尼日利亚小说家、诗人，代表作有《瓦解》等。

她的悲哀怎样促使她鼓起勇气对父母讲明真相，虽然他们并没有把她是女同性恋当回事儿，还在熟悉的男青年里给她撮合对象。那个南非黑人听说“女同性恋”似乎一惊，站起来就走了。那个肯尼亚人说南非黑人让他想起他的父亲，他父亲参加了“圣灵复活教会”而不跟邻居们说，因为他们都没有得救。津巴布韦人、坦桑尼亚人、南非白人和塞内加尔人都说起自己父亲的事情。

他们看着乌祖娃，她意识到唯独自己什么都没有说，有一刻，那酒不再让她的脑子晕晕乎乎的了。她耸耸肩膀含糊地说了一句，她父亲没什么可说的。他只是个普通人。“他在你的生活中吗？”那塞内加尔人语音柔和地问，那意思明显是认为没有。这是第一次，乌祖娃有点被她的法语口音给惹恼了。“他在我的生活中。”乌祖娃的声音带着一股平静的力量。“我还是个孩子的时候，他给我买书，在我小时候，他给我念诗歌和故事。”她停了一下，所有的人都看着她，她又说，“他确实做了一些让我吃惊的事，也给我造成了伤害，但大致上还是让我吃惊吧。”塞内加尔人好像还想问更多的问题，但后来改变了主意，说她还想要点酒。“你会写你父亲吗？”肯尼亚人问，乌祖娃用强调的口气说：“不。”因为她从不相信小说可以医治心疾。坦桑尼亚人告诉她，所有的小说都有疗伤作用，具有某种类型的疗效，不管别人怎么说。

那天晚上，乌祖娃想尝试着写作，但她的眼球有点酸胀，脑袋也很痛，于是她上了床。早餐后，她坐在了电脑前，手里攥着一杯茶。

裘玛接到一个来自招商信托银行的电话，那是她父亲联系的几个地方之一。父亲认识那家银行的董事长。她心里燃起了希望，她知道所有在银行上班的人都开着挺不错的二手捷达车，在哥巴哥达有很好的公寓房子。副经理对她进行了面试。他肤色很深，长得很漂亮，眼镜架上的标志显得十分雅致，他跟她说话时，她竭力希望他多看自己几眼，可他没有。他告诉她，他们想雇她做市场营销，这就意味着要外出，要带进新的客户。她将和英卡一起工作。如果她能在试用期内拉进一千万奈拉存款，就可以得到长期职位。他说话时她连连点头。她已经习惯了被男人注意，而他看她的样子却根本不像是一个男人在看女人，这让她不免有些意气消沉，而她也不太明白他说要出去拉新客户是什么意思，两个星期后，她才搞懂了。她和英卡坐进了一辆配有空调的公务吉普车，开车的司机身着制服，她的手在光滑的皮椅上摩挲着，都不想再出去了，车子驶往位于伊柯伊①的阿尔哈吉家，富人阿尔哈吉像叔伯似的向她们露出亲切的笑容，不停地做着手势，大笑着。英卡以前来过几

① 伊柯伊，尼日利亚拉各斯市的一处高尚社区。

次，所以他拥抱了她，对她说些俏皮话，逗得她哈哈大笑。他看着裘玛。“这一位真不错啊。”他说。管家给她们端上带冰霜的饮料，阿尔哈吉对英卡说着话，却频频瞟向裘玛。接着他让英卡跟他靠近些，并向她解释他的存款账户需要更高的利息，然后又要她坐在自己的膝盖上——难道她不觉得他体格非常强壮，足以承载她的体重？英卡说他当然能够承载啦，然后就坐上了他的膝头，露出平静的微笑。英卡个子娇小，长相漂亮，她让裘玛想起了那个黄种女人。

裘玛对黄种女人的了解来自她的母亲。一个懒洋洋的下午，那黄种女人走进她母亲位于阿登尼朗·奥干桑亚街的店里。她母亲知道这黄种女人，知道这女人在跟自己的丈夫交往，这件事都有一年了，知道她丈夫为这黄种女人买了本田雅阁轿车和伊鲁皮尤的公寓。但真正让她抓狂的是这种羞辱：那黄种女人走进她的店里，看看鞋子，打算用那些其实属于她丈夫的钱来买鞋。所以她母亲抓住那黄种女人针织衣的后背，尖声大叫：“偷人丈夫的破鞋！”那几个女店员也一起过来扇打那黄种女人，打得她蹿回车上。裘玛的父亲得知此事，冲着她母亲大喊，说她的行为像是一个街上的野女人，让他丢脸，也羞辱了她自己，却让一个无辜女人遭受了一场无妄之灾。然后，他就离家而去。裘玛在国家青年服务期满回家后注意到父亲的衣橱空了。埃罗姨妈、罗丝姨妈和乌其姨妈都来了，对她母亲说："我们和你一起去求他回家来，或者，我们以你的名义去求他回家。"裘玛的母亲说："决不，绝对不行，我不会去求他。够了。"芬咪姨妈来了，说那个黄种女人用迷药把他拴在了身边，她认识一个很好的巴巴拉我①，可以用解药解除这种魔力。裘玛的母亲说："不，我不会去找那人的。"她的生意也开始走下坡路了，因为以前裘玛的父亲一直在帮她从德班进货。她现在只好低价出货，在《快乐与城市人民》上打广告，开始在阿巴②的鞋厂备货。裘玛这天上午坐在阿哈尔吉家的客厅里穿的就是这种鞋子，她看着英卡坐在那富人的膝盖上，聊着招商信托银行的存款账户利息。

一开始，乌祖娃试图不去注意爱德华经常凝视她身体的眼神，他的目光从不瞟向她的脸，总是落在低一些的部位上。工作坊的例行日程每天有条不紊地进行着：八点早餐，一点午餐，六点在大餐厅吃晚餐。第六天，天气异常酷热，爱德华拿出第一个故事让大家进行评论，是那个津巴布韦人写的。与会者们坐在平台上，爱德华分发完材料后，乌祖娃看见阳伞底下的座位都坐满了。

---

① 巴巴拉我(Babalawo)，约鲁巴语，意即神奇术士。
② 阿巴，尼日利亚东南部城市，伊莫州首府。

"我坐太阳底下没关系。"她说着就站起身来，"我站在你旁边可以吗，爱德华？"

"我更喜欢你躺在我旁边。"他说。这是潮湿而燠闷的时刻，远处鸟语聒噪。爱德华咧嘴一笑。只有乌干达人和坦桑尼亚人听见了他的话。乌干达人笑了起来，乌祖娃也笑了，因为这话挺逗也挺机智，她告诉自己，你真得这么想。午餐后，她和津巴布韦人一起去散步，她们在海边驻足捡贝壳时，乌祖娃把爱德华说的话告诉了她。但津巴布韦人似乎心不在焉，说话比平时要少，也许还挂虑着自己写的那个故事。乌祖娃这天晚上看了。她想着这故事未免太虚夸了，但她喜欢这种故事，让人赏心悦目，而又小心翼翼地给联想留出空白。听上去很熟悉，又很逗，这是一个关于哈拉雷①中学教师的故事，一个五旬节派牧师告诉他，他和他妻子如果不去向一个女巫忏悔，就永远不会有孩子，因为是她锁住了他妻子的子宫。他们相信女巫就是隔壁邻居，每天早上，他们都大声祷告，用圣灵的语言炸弹去轰炸邻居的篱笆。

第二天晚上，津巴布韦人朗读了一个片断之后，餐桌上出现了短暂的沉默。这时，乌干达人开口说，这篇文章很有力量。那南非白人也热心地点头。肯尼亚人不同意。他说，某些句子很难听出意

① 哈拉雷，津巴布韦首都。

思来，不明白说的是什么，他读到过这样的句子。坦桑尼亚人说最好是完整地看一个故事，而不是只言片语。是的，肯尼亚人说，这才能看出名堂来。接着，爱德华说话了。这个故事在写作上当然很有野心，但故事本身却带出一个问题："那又怎样？"当你考虑到在穆加贝可怕统治下的津巴布韦发生的其他所有事情，那种事儿就太"passe"（过时）了。乌祖娃瞪着爱德华。他说"passe"是什么意思？一个故事怎么会"passe"呢？但她没有问爱德华是什么意思，肯尼亚人没有问，乌干达人没有问，而那津巴布韦人只是把发辫从脸庞边梳理开去，装饰的贝壳发出叮叮当当的响声。大家都没有做声。稍后，他们都打起呵欠，互道晚安后就回自己房里去了。

翌日，他们谁也不提昨晚的话题，只是聊起炒鸡蛋怎样炒得蓬松，晚上风儿刮着蓝花楹枝叶在窗上弄出的飒飒声音显得那么诡异。晚餐后，塞内加尔人开始朗读自己的故事。那是一个有风的夜晚，他们关上了门，把风吹树叶的飒飒声关在了门外。爱德华的烟斗吞云吐雾，整个房间烟气氤氲。塞内加尔人写的是葬礼的场面，她读了两页纸，时常停下来啜一口水，读到动情处，她的声音会变得厚重起来，所有的"t"听上去都像是"z"。读完后，大家都转向爱德华，包括乌干达人，他好像忘记自己是工作坊的领导了。爱德华沉思着嚼着烟斗，然后说，像这类同性恋故事恐怕不能真实地反映非洲。

“哪一个非洲？”乌祖娃冲口而出。

南非黑人在座位上挪了挪身子。爱德华继续嚼着烟斗。接着他用那种像是大人看教堂里不安分的孩子的眼光看着乌祖娃，说他谈论非洲，并不是以一个牛津出身的非洲学者的口吻，而是作为一个关心真实非洲的人，拒绝将西方的观点强加给非洲。津巴布韦人、坦桑尼亚人和南非白人在爱德华开始说话时都摇起头来。

“也许现在确实已是二〇〇〇年了，但一个非洲人怎么去跟家人说自己是同性恋？”爱德华问。

塞内加尔人突然冒出一串让人费解的法语，流畅地说了一分钟之后，又说：“我是塞内加尔人！我是塞内加尔人！”爱德华也用同样流利的法语回答她，接着又用英语，脸上挂着温和的笑容，“我想她喝了太多优质的波尔多葡萄酒了。”一些与会者咯咯地笑了起来。

乌祖娃第一个离开。她走近自己房间时，听见有人在喊她，她停下脚步。是肯尼亚人。那津巴布韦人和南非白人也在一起。“我们去酒吧坐坐吧。”肯尼亚人说。她不知道塞内加尔人去什么地方了。在酒吧里，她喝了一杯酒，听他们聊起猴跳山的其他宾客——所有来这儿的人都是白人，他们都用疑惑的眼光看着这批参加工作坊的人。肯尼亚人说，有一次，他在游泳池旁边的小路上碰到一对年轻伴侣，他走近他们时，他们停下来后退了几步。那南非白人说她也遭受过疑惑的眼光，也许因为她只穿了一件肯特图案的系带衬衫。坐在那里，凝视着外面的黑夜，聆听着周围柔和的饮酒谈话声，乌祖娃感到自己心底爆发出一股自我厌憎。当爱德华说“我更喜欢你躺在我旁边”时，她不该笑的。这一点都不好笑，一点都不好笑。她恨这个，恨他脸上咧嘴而笑的样子，恨他露出牙齿上的绿霉斑，恨他总是盯着她的胸部而不是她的脸看，恨他的目光总是在她身上爬动，而她却还像只发狂的鬣狗似的大笑。她放下喝了一半的酒说：“爱德华总是盯着我的身子看。”肯尼亚人、南非白人和津巴布韦人都瞪着她。乌祖娃又重复了一遍：“爱德华总是盯着我的身子看。”肯尼亚人说，从第一天起就很清楚了，这人很可能在上那个骨瘦如柴的老婆时，心里希望那是乌祖娃；津巴布韦人说，爱德华总是不怀好意地盯着乌祖娃看；南非白人说，爱德华从来没有这个样子看过白种女人，因为他觉得乌祖娃是一个毋需加以尊重的幻觉。

“你们都注意到了？”乌祖娃问他们。她有一种奇怪的被背叛的感觉。她站起身向自己房里走去。她给母亲打了电话，但那个机器声总是说：“您所拨打的电话现在无法接通，请稍后再拨。”她只好挂了电话。她不能写信。她躺在床上，醒了很长时间，终于蒙眬睡去时，已是黎明了。

这天晚上，坦桑尼亚人朗读自己的谋杀案故事，事情发生在刚果，是从一个民兵的视角来写的，那民兵是个极度好色的家伙。爱德华说这篇小说搞不好会变成《演讲》杂志的事件报道，故事显得丝丝入扣，又很切题，很容易变成一则新闻。乌祖娃觉得这故事听上去像是《经济学人》杂志里的一篇文章，旁边可配上卡通人物漫画。但她没有说出来。她回到自己房间，虽然感到胃痛，却还是打开了电脑。

裘玛坐在那儿看着英卡，她坐在阿尔哈吉的膝盖上搞定银行账户，觉得自己好像在演戏。她在中学时写过几个剧本。她们班在校庆时曾演出过其中的一出剧，剧终时，大家站在舞台上接受观众的热烈鼓掌，校长说："裘玛是我们的未来之星！"她父亲也在场，坐在她母亲旁边，鼓着掌，微笑着。可是当她说起想把文学作为大学专业时，父亲却对她说文学不能养活人。他说的就是"养活人"。他说她必须攻读文学以外的专业，但可以把写作当成业余爱好。阿尔哈吉的手指正轻轻地抚过英卡的胳膊，他说："不过，你知道萨维那联合银行上星期来找过我的。"英卡仍然面带微笑，裘玛不知道她的腮帮子有没有感到酸痛。她想起自己床底下一个金属盒子里藏的故事书。父亲在书上写了一些旁注：很棒！陈词滥调！非常好！不清楚！这是他为她买来的小说，母亲觉得读小说是浪费时间，裘玛最需要读的是课本。

英卡叫了一声，“裘玛！”她抬起头来。阿尔哈吉正在对她说话。他看上去近乎有些羞涩的样子，眼睛都没有对着她看。他对裘玛的态度和对英卡有点儿不一样。“我在说你太漂亮了。为什么没有一个大人物来把你娶走呢？”裘玛笑了笑没说话。阿尔哈吉说：“我同意把我的账户开在招商信托银行，但你得做我的联系人。”裘玛不知道该如何回答。“当然可以，”英卡说，“她来做你的联系人好了。我们会照顾好你的账户的。啊，谢谢你哦，先生！”

阿尔哈吉站起身来说：“过来，过来，我上次去伦敦时买了一些好香水。我给你们拿些回去吧。”他朝里面走去，然后转过身来说：“来呀，来呀，你们两个。”英卡跟了上去。裘玛站起来。阿尔哈吉又转过身来，等着她跟上来。但她没有跟上去。她转身向门口走去，打开门，走到明亮的阳光下，走过吉普车（司机坐在里面，车门打开着，他正在听收音机）。“阿姨，阿姨，出什么事了？”他喊道。她没有回答。她向前走去，走去，走过高高的大门，走到了街上，她在街上打了一辆出租车直奔办公室，清理了自己几乎是空荡荡的办公桌。

在海浪拍岸声中，在腹部一阵阵抽搐之中，乌祖娃醒了。她今晚不想朗读自己的作品。此刻也不想吃早餐，不过她还是去了，泛泛地跟大家道了早安，露出泛泛的微笑。她坐在肯尼亚人旁边，他向她俯身过来，悄声说，爱德华告诉塞内加尔人说他梦见你赤裸的肚脐了。乌祖娃看着塞内加尔人，她脸色红润，眼睛望向窗外的大海，正专注地把茶匙送到自己唇边。乌祖娃很羡慕她那种自信的平静。她听到爱德华对别人说起这种暗示性的言语，感到很烦躁，她不知道自己生的是哪门子气。她看见他朝她抛媚眼了？她想到这儿就不舒服，想到晚上要朗读小说。

想到下午，再联想到午餐，心里就觉得不舒服，她问塞内加尔人，爱德华说到她赤裸的肚脐时，她是怎么说的。

塞内加尔人耸耸肩膀说，不管那老男人有多少个梦，她只是一个快乐的女同性恋，所以，没有必要对他说什么。

“可是我们为什么总是沉默呢？”乌祖娃问。她抬高了声音，看着其他人。“我们为什么总是什么都不说？”

他们面面相觑。肯尼亚人对侍者说水变温了，他要再加点冰。坦桑尼亚人问侍者来自马拉维的什么地方。肯尼亚人问厨师是不是也来自马拉维，好像所有的侍者都来自马拉维。津巴布韦人说她不在乎厨师来自哪里，可这猴跳山的食物实在太恶心了，所有的肉食都跟奶油似的。其他人也七嘴八舌地说了起来，乌祖娃都听不清谁在说什么。想象一下，一个非洲人的聚会却没有米饭，凭什么餐桌上禁止啤酒，就因为爱德华说喝酒才够劲吗，爱德华觉得酒才够劲，可他还说早餐八点开始太早了，别在乎爱德华那个“正点”时间的说法，他那烟斗里的气味可真够让人作呕的，不管怎么说，他还是先拿定主意自己到底要抽什么烟，别再用烟斗来抽半截子卷烟了。

只有那个南非黑人一声不吭。他看上去很失落的样子，两手紧攥住膝盖，他说爱德华是个老人了，他对别人没有恶意。乌祖娃冲着他大吼：“就因为你这种态度，所以他们才会来杀你，把你赶到镇上去，还问你要通行证，然后叫你用自己的手爬着走！”她停下来，向对方道了歉。她本不该说这话的。她本来不想扯高自己的嗓门。那南非黑人耸耸肩，好像明白魔鬼总是要钻空子似的。肯尼亚人看着乌祖娃。他低声告诉她，她其实并不仅仅是生爱德华的气。她的目光挪了开去，心想“生气”是一个恰当的字眼吗？

过后，她和肯尼亚人、塞内加尔人一起去了纪念品商店，坦桑尼亚人想买人造象牙做的首饰。她们嘲笑坦桑尼亚人对首饰的兴趣——他也是个“基佬”吗？他大笑着说他的可能性是无穷的。接着他又郑重地说，爱德华是个很有门路的人，他能为他们在伦敦找到版权代理，没必要得罪这个人，没必要对机会关上大门。比如他，可不想在阿鲁沙①那个教师职位上终老一生。他好像在对着每

① 阿鲁沙，坦桑尼亚东北部城市。

个人说话，但眼睛只看着乌祖娃。

乌祖娃买了一条项链戴上，她很喜欢那个贴着喉咙的白牙坠子。那天晚上，伊莎贝拉看见她的项链微笑起来，“我希望人们像喜欢真象牙一样喜欢人造象牙，这样就可以放过动物。”她说。乌祖娃微笑着说这确实是真象牙，但心里有些吃不准是否应该再加上一句，说她是在王室狩猎中亲手杀过大象的。伊莎贝拉大吃一惊，一副很受伤的样子。乌祖娃抚弄着那个塑料坠子。她需要放松一下，在开始念诵自己的作品时，她一遍又一遍地这样对自己说。念完后，乌干达人第一个发言，他说这是一个很有力的故事，非常令人信服，他那颇有把握的语调让乌祖娃很吃惊，甚至比他说的话更令她吃惊。坦桑尼亚人说她把拉各斯的味道和声音捕捉得很准，第三世界的城市都难以置信地相似。南非白人说她讨厌第三世界这种说法，但很喜欢对尼日利亚妇女真实经历的描绘。爱德华身子往后倾去，说：“这根本不像是真实生活中发生的事情，对不对？女人根本不可能成为这种粗陋方式的受害者，这种事情当然不会发生在尼日利亚。尼日利亚妇女有很高的地位。如今最有权势的内阁部长就是女性。”

肯尼亚人插进来说他喜欢这个故事，但不相信裘玛会放弃这份工作，她毕竟是一个没有其他选择的女人，所以，他认为结局不怎么靠谱。

“整个故事都不靠谱。”爱德华说，“这是一种老套的写作，却不是发生在真人身上的真实故事。”

乌祖娃内心开始退缩了。爱德华还在发言。当然，你不得不佩服叙述本身，那倒还是相当不错的。他看着她，他眼中胜利者的神色惹得她起身哈哈大笑。与会者都瞪着她看。她笑了又笑，他们都看着她，她抓起自己的稿子。“不是发生在真人身上的真实故事？”她质问他，眼睛盯着爱德华的脸，“我唯一没有搁进去的情节是我离开了同事，走出阿尔哈吉家后，我钻进了吉普车，让司机带我回家，因为这可能是我最后一次坐他的车了。”

乌祖娃没有说出来，也不想说的是：她眼里涌满了眼泪，但她不让眼泪流出来。她盼着赶快打电话给母亲，她回到自己的房间，她不知道在故事里这样的结局是否会被认可。

绕颈之物

你以为在美国人人都有汽车和枪支，你的叔叔和阿姨们也是这么想的。就在你获得美国签证抽奖①后，他们告诉你：一个月后，你就会有一辆大汽车。很快，你就会有大房子。可是别像美国人那样去买枪。

他们成群结队地拥进你在拉各斯②的家中，那儿还住着你的父母和三个姐妹，由于没有足够的椅子让大家围成一圈坐下，他们斜倚着未粉刷的墙壁，大声对你说着道别的话，又压低声音告诉你，他们想让你给他们寄东西。比起大汽车和大房子(也许还有枪)，他们想要的只是一些不起眼的东西——手提包、鞋子、香水和衣服。你说好啊，没有问题。

---

① 美国签证抽奖(American visa lottery)，正式名称为“多样性移民签证抽奖计划”，通常也称“移民抽奖”或“绿卡抽奖”，根据美国国会一九九〇年制定的一项移民法案而创立。每年将特定的签证名额(目前每年为五万五千个)通过随机抽签的方式分配给来自某些国家的合格申请人，抽中者获得美国合法永久居留权。中国(大陆)未被列入此计划。

② 拉各斯，尼日利亚最大的港口城市。在该国西南端，濒临几内亚湾。

你有一个在美国的叔叔，在你的签证抽奖申请中，他的名字已被列入你的家族成员中，他说你可以跟他住在一起，直到你能够完全自立。他到机场来接你，给你买了一个老大的热狗汉堡，里面黄黄的芥末酱让你反胃。说到美国，他开怀大笑，说自己生活在缅因州一个全是白人的小镇上，住的是一幢有三十年房龄的湖畔老宅。他告诉你，他工作的那家公司给他的薪水大约高于平均水平一两千美元，外加股票期权，因为他们竭力想使自己看起来是一个多元文化的公司。他们把他的照片印在公司的宣传册上，就算那玩意儿对他所在的公司毫无用处也不要紧。他笑着说那份工作不错，够他生活在一个全是白人的小镇上，尽管他妻子驱车一小时才能找到一家能够打理黑头发的发廊。这种特色可以让你理解美国，让你知道美国是个“有得也有失”的国家。你放弃了许多，但也得到了许多。

他告诉你怎样去申请一份主街加油站收银员的工作，他给你注册了一家社区大学，那儿的女孩大腿都粗得要命，她们留着鲜亮的红指甲，使用仿古铜色霜将皮肤弄成橘色。他们问你在哪儿学的英语，来美国之前，在非洲老家是否住过真正的房子，有没有见过汽车。他们直愣愣地盯着你的头发。你把辫子解开时，头发是会竖起来还是会塌下来？他们想知道。所有的头发都会竖起来吗？竖起来是什么样子？为什么会竖起来？你用梳子吗？当他们向你甩出这些问题时，你紧张地微笑着。你叔叔事先就跟你说过，这就叫做无知与自负兼而有之，他是这么说的。而且他还告诉你，几个月前，当他搬进这幢房子时，那些邻居们是怎么说的，他们说松鼠都开始消失了。他们听说非洲人不管什么野生动物都吃。

你和你叔叔大笑不已，在他家里你觉得就像在自己家里一样。他妻子称你妹妹，他那两个上学的孩子叫你阿姨。他们说伊博语，午餐是木薯饭，就像在自己家里一样。美好的情景到此为止：你叔叔走进你那间狭窄的地下室（那儿堆放着许多旧箱子和纸板盒），强行将你拽到他身边，一边哼哼着，一边使劲压在你屁股上。其实，他并不是你叔叔，他是你父亲的姐姐的丈夫的兄弟，跟你没有任何血缘关系。你推开他之后，他就坐到你床上——毕竟，这是他的房子——笑着说你不再是个孩子了，你都二十二岁了。如果你顺着他，他会为你做许多事情。聪明的女人都会这样做。你想你拉各斯老家的那些女人们，是怎么拿到高薪工作的？甚至在纽约，难道有什么两样？

你把自己锁在地下室里，他只好回楼上去了。第二天早上，你离开了，迎风走在长长的公路上，嗅到了湖里幼鱼的气息。你看见他驾车驶过——他以前总会用车载着你，把你送到主街——他都没有按一下喇叭。你不知道他是怎么对妻子解释你离开这事儿的。你想起，他说过美国是一个“有得也有失”的地方。

你最后来到康涅狄格州，另一个小镇，因为这是你乘坐的灰狗巴士的终点站。你走进一家明亮的餐馆，外边搭着干净的遮阳篷，你说你想做女招待，甘愿时薪比其他女招待低两美元。经理胡安长着漆黑的头发，一笑就露出一颗金牙。他说他从未雇用过一个尼日利亚人，不过所有的移民工作都很卖力。他去过尼日利亚。他付你的工资比别人低一美元，但私底下，他就不替你支付必须为别的女招待缴纳的税金了。

你无法承担去学校念书的费用，因为你得为那个地毯满是污迹的小房间支付房租。再说，康涅狄克州那个小镇上没有社区大学，而州立大学收费又太高。于是你去了公共图书馆，你按照网上学校的课程大纲读了一些书。有时候，你会坐在床垫高低不平的单人床上，想着家乡的事情——你姨妈姑婶们沿街叫卖鱼干和大蕉，缠着顾客买她们的东西，一旦人家不买，就用脏话骂人；你叔伯舅父们喝着当地产的杜松子酒，为填饱家人的肚子努力打拼，让他们能住进单元房；你的朋友们在你出国前来跟你道别，为你赢得了美国签证抽奖而兴高采烈，坦白地说她们对你颇为嫉妒；你的父母星期天上午总是抱着双手步行去教堂，那些邻居从自家门里出来笑话他们；你父亲下班后把老板的旧报纸带回家来，给你的兄弟们看；你母亲的薪水只够支付你的兄弟上中学的费用，在那种学校，只要你塞给教师一个棕色信封，他们就会给你的成绩打“A”。

你从来不需付钱就能得到“A”，从未在中学里给老师塞过棕色信封。但你还得封好一个长长的棕色信封，把自己月收入的一半寄给你父母，寄到一个半国营公司的地址，你母亲在那儿做清洁工，你总是将胡安给你的美钞寄给他们，因为那些票子比较挺括，而小费太零碎。月月如此。你总是用一张白纸小心地把钱包好，可你从不写信。因为没什么可写的。

后来几个星期，你曾想过要写信，因为有事情想说。你想写美国人令人惊讶的开放性格，他们如何热心地跟你说起那种本该向外人隐瞒、只限家人之间谈论和关心的事情，说起自己的母亲如何跟癌症作斗争，他们的姑嫂生了个早产儿之类。你想写美国人餐后盘子里还剩着许多食物，留下几张起皱的钞票就走人，好像这是一种奉献，是对浪费食物的一种补偿。你想写那个哭闹的孩子，她哭着拉扯自己的一头金发，把菜单从桌子上扫下来，但她的父母非但不喝令她马上停止哭闹，反而求着她哄着她，那孩子也许只有五岁，接着他们全都起身离开了。你想写那些富人，他们穿着破烂的衣服、肮脏的运动鞋，看上去像是拉各斯那些大院门口的看门人。你想写美国的富人都很瘦，而穷人却很肥胖，尽管他们没有大房子也没有汽车，你仍然不能确定他们是否有枪，他们可能会将那玩意儿塞进口袋里。

你并非只想写给父母，你还想写给朋友们，写给表兄弟表姐妹，写给叔叔阿姨们。但你根本买不起香水、衣服、手袋和鞋子，你只能住在用侍者薪水租来的房子里，所以你什么信都没写。

没人知道你在哪里，因为你没告诉过任何人。有时候，你觉得自己就像个隐身人，想穿过房间墙壁走到过道上去，可却一头撞在墙壁上，胳膊上撞出一块淤青。有一次，胡安问你是不是有男人打了你，因为他得留神自己的生意，而你却冲他诡异地笑笑。

到了夜晚，就有什么东西缠绕在你的脖子上，在你入睡之前，那东西勒得你几乎要窒息。

许多光顾这家餐馆的人都会问你当时怎么从牙买加来美国的，他们以为每一个带外国口音的黑人都是牙买加人。也有人会猜测说你是非洲人，于是说起他们非常喜欢大象，很想去非洲探险考察。

有一天，在餐馆昏暗的灯光下，你向他复述了一遍当日特价菜单后，他问你来自非洲哪个国家，你回答说是尼日利亚，你以为接下来他会说自己曾向博茨瓦纳的抗艾滋病基金捐过款。可他却问你是约鲁巴人还是伊博人，因为你长得不像富拉尼人①。你吃惊了——你觉得他一定是州立大学的某个人类学教授。这是一位二十多岁的年轻人，或者看上去是如此年轻，谁知道呢？你说自己是伊博人。他问了你的名字，然后说阿库娜这个名字很好听。所幸他没

① 约鲁巴人、伊博人、富拉尼人，都是西部非洲的土著族群。

有问这是什么意思，因为你很讨厌人家这样说，“‘这是父亲的财富’的意思吗？那么，你父亲真的会把你卖给一个丈夫？”

他告诉你，他去过加纳、乌拉圭和坦桑尼亚，很喜欢奥考特·庇代克①的诗歌和阿摩司·图图奥拉②的小说，他还研读过撒哈拉以南许多非洲国家的历史，了解那儿一些错综复杂的情况。当你记下他点的菜肴要走开时，你想表现出一种鄙夷的神态，因为白人无论是否喜欢非洲，都是一回事——都有一种屈尊纡贵的派头。可是他却不像勃拉迪克教授那样摇摇头(在缅因州那所社区大学里，每当课堂上讨论非洲的非殖民化时，教授都以这种高傲的姿态摇晃着脑袋)，他没有露出勃拉迪克教授那种表情，那是人们自认为比对方优越时会流露出的表情。第二天他又来了，坐在同一张桌前，你问他来一份鸡肉怎么样，他问，你是不是在拉各斯长大的？第三天他又来了，点菜前就开始聊了起来，说他以前去过孟买，说他现在想去拉各斯，要去看看那儿人们的真实生活，比如那儿的贫民窟，因为他在国外时，从来不想做一个傻乎乎的旅行者。他一直聊个没完，你不得不告诉他这样不合餐馆规矩。当你把水杯送到他身前的桌面上，他摸了一下你的手。第四天，你看见他又来了，于是就跟胡安说你不想去为那张桌子服务。那天晚上，他就等在餐馆外面，

① 奥考特·庇代克(1931—1982)，乌干达著名诗人。
② 阿摩司·图图奥拉(1920—1997)，尼日利亚著名作家。

耳朵里插着耳塞，邀你和他一起出去，因为你的名字跟他唯一喜欢的电影音乐《狮子王》里面那句“哈库那，玛塔塔”①正好押韵。你在明亮的灯光下看着他，发现他的眼睛是一种精制高级橄榄油的颜色，一种绿汪汪的金色。在美国，高级精制橄榄油是你唯一真正的心爱之物。

他是州立大学的高年级学生。他说出了自己的年龄之后，你问他为什么还没有毕业。说到底，这里是美国，不像老家的大学，总共三年之内学生要修完所有的常规课程，之后就不能再留在学校里了。那里的教师们罢课之后又是罢课，却总是拿不到工资。他说他要休学一两年去发现自我，他要去旅行，大部分旅行目的地是在非洲和亚洲。你问他最终会在什么地方找到自我。他笑了。你没笑。你不知道有些人就是可以选择不去上学，有些人就是可以摆布生活。你却习惯于接受生活所给予的，听命于生活的摆布。

第四天，他邀你一同外出，你拒绝了，因为你觉得他看着你面孔的那种专注的样子让你很不自在，这促使你跟他说再见，可是也让你并不情愿离开他。接着，到了第五天，你下班时，没看见他站在餐馆外面，你不禁惊慌起来。你第一次祷告了很长时间，这时他出现在你背后，朝你喊了一声“嗨”，还没等他发出邀请，你就说

① “哈库那，玛塔塔”，《狮子王》里老狮子教给小狮子的一句斯瓦希里语，意即：什么都不要怕。

好的，你愿意和他一起出去。他没有再约你，你就慌了。

接下来的一天，他带你去张氏餐厅共进晚餐，你们的幸运饼里有两张纸条。但你们的纸条都是空白的。

在他面前谈起在餐馆电视上看过的“风险”①节目，你知道自己已是相当自如。你追捧的顺序是：女性有色人种、黑人、女性白人，女性白人排在男性白人之前，这就意味着你很不待见白种男人。他大笑起来，对你说，他早已习惯了不招人待见，他的母亲教的就是妇女研究。

当你告诉他，其实你父亲并不是拉各斯的一名学校教师，而是一家建筑公司跑腿打杂的司机时，你知道你和他的关系已经变得很亲密了。你跟他说起，你坐着父亲驾驶的那辆摇摇晃晃的标致504在拉各斯的一次遭遇，当时下着雨，你的座位都湿了，因为车顶有一个锈蚀的窟窿。马路上非常拥挤，拉各斯的马路总是非常拥挤。一旦遇到雨天简直就是一片混乱。马路渐渐变成了泥泞的池塘，汽车陷在路上动弹不了，你的几个表兄弟姐妹下了车，花钱找人把车推出泥浆地。你认为，那一天，是大雨，是沼泽地一样的马路，让你父亲刹车晚了一步。还没等你感觉到什么，你就听到“砰”的一

① “风险”（*Jeopardy*），美国一个知识竞赛类的电视节目，一九六四年开播，至今仍在播出。

声。你父亲的车撞上了一辆式样奇特的深绿色轿车，那车特别宽大，金光闪闪的车头灯就像豹子的眼睛似的。你父亲来不及下车就开始大声喊着请求原谅，他躺到了马路上(招来一片喇叭鸣响)，对不起，先生，对不起，先生，他一连声地求饶。你就是把我或是我全家都卖掉也抵不上你的一只轮胎。对不起，先生。

那车上坐在后排的大人物没有下来，他的司机下来了，仔细查看着车子的损伤情况，用眼角瞅着你父亲趴在地上的身子，好像那是一种他耻于享受的色情表演。最后他让你父亲走开。挥手让他走开。其他的车子不停地按着喇叭，司机们都在骂骂咧咧。你父亲回到车上时，你都不愿朝他看上一眼，因为他刚才的表现就像是市场周围泥坑里打滚的猪。你父亲就像 nsi，狗屎。

你把这事儿告诉他之后，他紧抿着嘴唇握住你的手说，他能理解你的感受。你摇着手挣开了，突然觉得非常窝火，因为他认为这世界就是(或者应该都是)像他这样的人。你告诉他，他什么都不理解，事情本来就是那个样子的。

他在哈特福德黄页①上发现了那家非洲商店，于是驾车带你去那儿。因为他满不在意的走路姿势，还有他斜过酒瓶观察棕榈酒里

① 哈特福德黄页，美国一个提供商业信息的网站。

沉淀物的样子，惹得那个加纳店主不禁问他是不是非洲人，比如说肯尼亚或是南非的白人，他说是的，不过已在美国待了多年。店主听信了他的话，这让他觉得很开心。你那天晚上用买来的东西做了晚餐，他吃了木薯块粉和非洲苦叶汤①，便在洗碗槽里呕吐起来。你不介意，尽管你现在的拿手菜是佐以肉食的苦叶汤。

他不吃肉食，因为他说人们屠宰动物的方式是错误的，他说这会使动物释放出恐惧的毒素，而这种恐惧的毒素会使人精神分裂。在你的老家，你们吃肉段，那种切成你手指头一半大小的肉段。但你没有告诉他这个。你也没有告诉他，你母亲烹煮任何东西都会加几块非洲洋槐树籽，因为咖喱和百里香太贵了，那里面有味精，那本身就是味精。他说味精会致癌，他喜欢张氏餐厅，因为张氏餐厅的菜肴不搁味精。

有一次，在张氏餐厅，他跟侍者说起他最近刚去过上海，于是他就说了几句中国话。那个侍者马上热情起来，告诉他什么汤最好，接着又问他："你在上海有女朋友吗？"他只是笑笑，什么都没说。

你马上倒了胃口，那个地名牢牢地堵在你的胸口。那天晚上，当他进入你身体时，你没有呻吟，你咬住自己的嘴唇，假装没有来高潮，因为你知道他会感到不安。过后，你告诉他自己为什么感到

---

① 非洲苦叶汤，用非洲苦叶、鱼、红洋葱等做成的汤。

不快，尽管你们经常一起去张氏餐厅，尽管你们在上菜前接过吻，但那个中国人却猜测你不可能是他的女朋友，而他却微笑着什么都没说。在向你道歉之前，他茫然不解地瞪着你，于是你知道他什么都不明白。

他给你买了几件礼物，你为礼物的价格感到忐忑不安，他说他在波士顿的祖父很富有，但接着马上又说老头已四处散财，所以他的信托基金规模不是很大。他的礼物让你感到神秘。一个拳头大小的玻璃球，你转动着看里面那个线条优美自动旋转的粉红色小娃娃。一块闪闪发光的石头，表面呈现出变幻莫测的色彩。还有一块产自墨西哥的价格不菲的手绘围巾。你开口说话时，声音变得有些嘲讽，你说自己这辈子收到的礼物都是有实用价值的。比如那块石头，倘若你想研磨什么东西，正好能派上用场。他笑了好长时间，笑得很厉害，可你没有笑。你意识到，在他的人生中，所购买的礼物就只是礼物，而不是别的什么东西，他不会去购买实用的东西。当他开始为你买鞋，买衣服和书籍时，你叫他别这样，你不想要任何礼物。但他还是买，你就留着那些东西，等以后回到老家可以送给表兄弟姐妹或叔叔阿姨，尽管你不知道自己是否有一天能够买得起回家的机票，也不知道有朝一日是否还付得起你的房租。他说他真的想看看尼日利亚，他来负担两人的机票。你不想让他给自己买回家的机票。你不想让他去尼日利亚，你不想在他那一串国家的名单上再增加一个尼日利亚，他去那些国家，一门心思地打量着穷人的生活，而那些穷人却永远无法回过头来一门心思打量他的生活。在一个阳光灿烂的日子里，他带你去长岛海湾，当时你对他说了这番话，那天你俩吵了起来，你一边沿着平静的海滩走，一边不禁抬高了嗓门。他说你认为他“自以为有道德”①是错误的。你说他只是将孟买那些印度穷人称作真正的印度人是错误的。那是不是意味着，因为他不像你在哈特福德看见的那些穷人一样肥胖，他就不是真正的美国人了？他甩开大步走到你前头，他上身赤裸而苍白，他的人字拖鞋沾了些许沙子，但他马上回过头伸手握住你的手。你们讲和了，你们做爱，彼此的手指插入对方的头发里，他那头柔软的黄发就像成长中奔放的玉米穗。你富有弹性的黑发就像枕头里的填充物。他晒了太多的阳光，皮肤晒得像熟透的西瓜瓤，你在为他搽抹乳液前亲吻他的背脊。

在你脖颈间缠绕的东西，熟睡前让你窒息的东西，开始松弛，解开了。

你知道在别人眼里，你俩不是那种正常的关系——在讨厌的人

① “自以为有道德”，《圣经》中对法利赛人的说法，是对伪善的指责。

看来，这种关系非常讨厌，在喜欢的人看来，这种关系非常美好。老派的白人男女低声嘀咕着看看他，黑人男子则看着你摇头，黑人女子用怜悯的眼神望着你失去自尊、自暴自弃的背影。或者反过来，黑人女子一律绽放笑容；黑人男子竭力想宽恕你，朝他过于做作地“嗨”一声；白人男子和女子则以过于欢快的语调大声嚷嚷“多般配的一对儿啊”，好像以此证明自己的头脑开放。

但他的父母却不是这样，他们几乎让你觉得你们的关系就是正常的。他母亲对你说，儿子从未带女朋友来见过他们，除了高中的毕业舞会伴侣，他生硬地露齿一笑，握住了你的手。你攥紧的两只手搁在铺着台布的桌上。他捏住你的手，你也捏住他的手，搞不明白他为什么要这样拘谨，为什么他和父母说话时，那双有着特级初榨橄榄油般的眼睛会变得暗淡起来。他母亲问你是否读过纳瓦尔·埃尔·萨达维①的作品，你回答读过时，她就显得非常高兴。他父亲问你印度食物和尼日利亚食物是不是很相似，当你要去买单时他还跟你打趣。你看着他们，心里很感激他们，没有用打量一件奇异的纪念品或是一件象牙制品的眼神来看你。

后来，他告诉你，他和父母之间有一些问题，比如，他们给他的爱就像切生日蛋糕一样，如果他听从他们的意见去读法学院，他

① 纳瓦尔·埃尔·萨达维(1931—)，埃及女作家、社会学家。

们就会切给他一片更大的蛋糕。你想对他表示同情，结果却惹了一肚子火。

他告诉你，他不肯和父母一起去加拿大魁北克的乡村避暑小屋住上一两个星期，而这更让你惹火。他们甚至要他带你一起去。他给你看过那幢避暑小屋的照片，你觉得这种房子怎么能称作“小屋”，因为在你老家，周围邻近的大房子全是银行和教堂。你手中的玻璃杯掉在地上了，在他的公寓硬木地板上散落了一地玻璃碴，他问你什么地方不对劲了，而你说没什么，尽管你觉得有许多不对劲的地方。过后，你在淋浴时开始哭泣。你看着混入眼泪的水流，却不明白自己为什么要哭。

你终于给家里写了信。写给父母一封短信，里面夹了几张挺括的美元，你在信上写了自己的地址。几天后你就收到了回信，是快件。是你母亲给你写的回信，你从那些蜘蛛般的笔迹中，从那些拼写错误的字母中，辨认出信的内容。

你父亲走了，他是倒在公司那辆车的方向盘上去世的。如今已有五个月了，母亲写道。他们用你寄去的一部分钱给他办了一个体面的葬礼：为宾客宰了一头羊，为他买了一口好棺材。你在床上蜷缩着身子，膝盖抵在胸口上，试图回忆你父亲去世的时候，自己正在做什么，你父亲过世的这五个月里你都做了些什么。也许你父亲去世的那一天，你整个身体都起了一阵鸡皮疙瘩，就像未煮过的大米一样坚硬，可是当时你却不知道是什么原因，胡安揶揄你该去替代厨师干活，以便厨房里的热气能让你暖和过来。也许你父亲去世时，你正驾车去米斯蒂克①，或是正在曼彻斯特②看演出，或是正在张氏餐厅用餐。

你哭泣时，他拥抱着你，抚摸着你的头发，说要为你买好机票，和你一起去看望你的家人。你说不，你要一个人回去。他问你是否会回来，你提醒他说你有美国绿卡，如果一年不回美国，绿卡就会作废。他说你明白他是什么意思，你会回来吗，会回来吗?

你转身走开，什么都没说，后来他驾车送你去机场，分手时你紧紧拥抱了他，拥抱了很长时间，然后，你走了。

---

① 米斯蒂克，康涅狄格州的一个城镇。
② 曼彻斯特，这里指位于康涅狄格州中部的一个城镇。

美国大使馆

她站在拉各斯的美国大使馆外面的队伍里，直愣愣地望着前方，慢吞吞地挪动着，腋下夹着一个蓝色塑料文件夹。大约有两百人在使馆外面排队等候，她排在第四十八位，队伍从美国大使馆紧闭的大门外延伸过来，一直排过旁边那幢较小的外墙爬满藤蔓的捷克大使馆。她没有搭理那个卖报小贩，那人一边吹着口哨，一边把《卫报》《新闻报》《先锋报》送到她面前。她没有留意那个乞丐，那人举着搪瓷盘子在旁边走来走去。卖冰淇淋的自行车响着电喇叭的叫卖声，她也不理会。她没有用杂志给自己扇风，或是扇去耳边飞舞的小苍蝇。这时有人站在她身后，拍着她的背脊问："你有零钱吗？能给我换二十张二百奈拉吗？"她愣愣地看了他好一会儿，定了定神，才意识到自己在什么地方，然后摇头说："没有。"

空气闷热黏湿。她感到自己的脑袋沉甸甸的，其实很难做到脑子里什么都不想——巴罗干医生昨天告诉她必须保持这种状态。他昨天拒绝给她镇静药片，因为她需要在签证面试时保持清醒。他说得倒是挺容易，好像她知道怎么让自己的头脑保持澄明清空的状态一样，好像这是能够由她自己的力量控制似的。好像她喜欢看到儿子乌冈纳那副搞怪模样——肉墩墩的身子在她眼前搓来揉去，胸前被溅洒的棕榈油染得红兮兮的，这让她不得不责骂他为什么要在厨房里玩耍。他甚至还够不到她放置食油和香料的厨房搁架，自己还拧不开盛棕榈油的塑料瓶盖子。他只有四岁。

背后那男人又拍了她一下。她惊跳起来，差点由于背上的锐痛而失声尖叫。扭伤了肌肉，巴罗干医生这样说，她从阳台上跳下来的后果居然不是太严重，医生说这话时的表情不免带有几分惊讶。

“瞧那没用的大兵在那边干的好事。”背后那男人说。

她把目光转向街对面，脖子慢慢地扭过去。那边聚集着一小群人。一个士兵正在抽打一个戴眼镜的人，长长的鞭子在空中卷起，然后落到那男人脸上，或是脖子上，因为那男人举着双手似乎要挡住鞭子，所以她看不清他被鞭子抽打在什么部位。她看见那男人裂开的眼镜掉落了。她看见那些士兵用皮靴后跟碾着黑色镜架和带色的镜片。

“瞧，那人在向当兵的求饶，”背后的男人说，“我们的人民总是习惯于恳求士兵开恩。”

她什么都没说。他一直在用这种语气跟她套近乎，他不像那个排在她前面的女人，那女的起先说过：“我跟你说过话了，你总得像头牛似的看我一眼吧！”然后就不再搭理她了。也许他在疑惑，她为什么不像队伍里其他人那样互相搞搞熟。毕竟他们这天都醒得很早——如果勉强睡了一会儿的话——为了在天亮前赶到美国大使馆；毕竟他们为了签证排队已受尽煎熬，队伍尚未成形时，士兵不停地挥动皮鞭把他们赶过来赶过去；毕竟他们都担心美国大使馆今天有可能不开门，这样他们第二天又得像前一天那样再遭一回罪，就因为大使馆星期三不开门，所以这些排队的人们都有了交情。沉默寡言的男男女女互相交换着报纸，诅咒着阿巴查将军的政府。穿着牛仔裤的年轻人，由于了解内情而义愤填膺，他们互相交流获取学生签证应该怎样回答问题的窍门。

“瞧他的脸，都是血。鞭子抽到他脸上了。”背后的男人说。

她没有朝那边看，因为她知道血总是红的，就像新鲜的棕榈油。她抬头看着埃莱克·克瑞森特①周围环形街道上带有大草坪的各国使馆，看着聚集在街边的人群。那条人行道上挤满了人。那是一个根据美国大使馆开馆时间而定的市场。有一沓沓的白色塑料椅子摆在街边供出租，两百奈拉一小时，很快就租完了。水泥墩子上架起一排木板，上面堆放着色彩鲜艳的糖果，还有芒果和橘子。有年轻人脑袋上裹着卷拢的衣服，上面顶着装香烟的盘子。还有小孩

① 埃莱克·克瑞森特，位于尼日利亚拉各斯的维多利亚岛，是各国使领馆和国际机构聚集之地。

引领的盲人乞丐，有人往他们的托盘里扔上几个小钱，他们就会用英语、约鲁巴语，夹杂着伊博语和豪萨语唱起祝福的歌曲。一个高个子男人站在照相的三脚架旁，手里举着一个牌子，上面用粉笔写着红色的字样：**优质快照，美国签证攻略大全。**她护照上的照片就是在那儿拍的，坐在一张高低不平的凳子上，她毫不奇怪自己的面容出现在颗粒粗糙的相片上，肤色要比本人浅得多。可当时没得选择，她不可能提前拍照。

两天前，她在自己的老家乌姆纳奇的一块蔬菜地旁边埋葬了自己的孩子，她身边围着一群来安慰她的人，现在她已想不起那都是一些什么人。在这之前的一天，她开着他们的丰田车把丈夫送到一个朋友家里，那人带着她丈夫偷越国境线。再往前一天，她还不需要拍摄护照所用的相片，她的生活是正常的，她送乌冈纳去学校，在“比格斯”①快餐店给他买了个香肠卷，一路上听着车载收音机里梅杰克·范谢克②的歌。如果有算命的告诉她，她的生活将在几天之内遽然大变，她一定会大笑起来。也许，为了这毫无来由的想象，她会塞给算命的十个奈拉。

“有时我在想，不知美国大使馆的人是否会从窗口看到大兵用鞭子抽人的情形。”背后的男人说。她真希望他闭嘴。就因为他的

① 比格斯，尼日利亚最大的快餐连锁店，创办于一九七三年。

② 梅杰克·范谢克，尼日利亚著名说唱歌手。

唠叨，她想让自己的思绪保持空白、不再去想乌冈纳变得更加困难。她的目光再次瞥向街道对面。那当兵的现在要走了，即使隔着这样的距离，她也能看见他脸上愤恨的表情。这是一个成年人可以任意鞭笞另一个成年人的怒气(只要他想鞭笞就能鞭笞)。他那种趾高气扬不可一世的神态，就跟四天前敲开她家后门，闯入她家里的那些人一个模样。

你丈夫在哪里？他在哪里？他们砸烂了两个房间里的衣橱，甚至连抽屉也不放过。她本可以告诉他们，她丈夫身高超过六英尺，他不可能藏在抽屉里的。三个人都穿着黑裤子。他们闻到了酒精和胡椒汤的味儿，过了很长时间，当她抱着乌冈纳僵硬的身体时，她知道从此以后再也不会喝胡椒汤了。

你丈夫去什么地方了?他在哪里?他们把枪抵在她的脑袋上，她说："我不知道，他昨天刚走。"她一动不动地站着，甚至温热的尿液顺着她的腿流淌下来时也没有动。

他们之中有一个家伙，穿着一件带帽兜的黑衬衫，身上有一股酒味，瞪着血红的眼睛，红兮兮的，看上去很难受的样子。他叫喊得最凶，一脚踹在电视机上。你知不知道你丈夫在报纸上写的那篇文章?你知不知道他是个谣言散布者?你知不知道他这种人应该蹲监狱？因为像他这种人总是惹麻烦，因为他们不想让尼日利亚向前发展。

他坐在沙发上，她丈夫坐在那儿收看尼日利亚电视台的晚间新闻时会猛地拽她一下，她就会一个趔趄坐到他的膝盖上。他的枪指着她的腰。漂亮女人，你为什么要嫁给一个存心惹麻烦的人?她感觉到这人有很严重的疾病，他的口腔里有一股发酵的气味。

把她一个人留在这儿，另一个人说。那人的光头闪闪发亮，好像涂了凡士林。我们走。

她挣扎着从沙发上起来，穿连帽衬衫那人还坐在沙发上，拍着她的后背。这时乌冈纳哇地哭了起来，朝她跑过来。穿连帽衬衫的家伙大笑起来，说她的身子可真柔软啊，一边摇晃着枪。乌冈纳尖叫起来，他哭的时候从来不尖叫，他不是那种孩子。于是枪响了，乌冈纳胸前溅上一片棕榈油。

“给，这是橘子。”排在她后面的男人说着递给她一个塑料袋，里面有六个剥了皮的橘子。她没注意到他是什么时候买的橘子。

她摇摇头。“谢谢。”

“吃一个吧。我注意到你从早上到这会儿什么都没吃。”

她这才像样地看了他一眼，这是第一次正视他。一张没什么特点的脸，肤色很深，对于一个男人来说，这么光洁的皮肤有点不寻常。他那烫得笔挺的衬衫和蓝色领带有一种渴望的意味，他小心翼翼地说着英语，好像生怕出错。也许他是在那种新式银行里工作的人，想要靠打拼过上比想象更美好的生活。

“不，谢谢。”她说。排在前面的女人回头看了她一眼，又转身去跟别人聊起一个叫做“美国签证神奇牧师”的特别教堂礼拜。

“你该吃点儿。”后面的男人说，虽然他不再把那袋橘子递到她面前了。

她再次摇摇头，那地方的疼痛还在，就在两眼之间。她从阳台上跳下来之后，好像脑子里那些一片片一缕缕的东西都挪了位置，吱吱嘎嘎地痛了起来。跳下阳台并非她唯一的选择，本来还可以爬上芒果树(芒果树的枝桠伸展到阳台上)，她也可以冲下楼梯。那几个人正在争吵，声音响得顾不上周围发生的事儿，她有一刻相信，那“砰”的一声不是枪响，也许是干燥的热风天气来临时的闷雷，也许真的是红色的棕榈油，乌冈纳不知怎么够到了那个瓶子，在玩一个叫人眩晕的游戏，即使是他，这也是从未玩过的游戏。接着，他们的话把她拉回了现实。你觉得她会跟人说这是个意外吗？这是奥加吩咐我们做的吗？一个小孩子！我们应该对付那个母亲。不，这已经是双倍的麻烦了。是的，不，我们走吧，伙计！

当时她已经冲到阳台上，从栏杆上翻了出去，根本没想这有二层楼高就跳了下去，然后爬进大门旁边那个垃圾筒里。她听见他们的汽车呼啸而去，这才回到了房间里，闻到了一股垃圾筒里烂大蕉皮的味儿。她抱起乌冈纳的身子，把脸颊贴在他平静的胸前，她明白自己再也不会有比这更羞耻的事了。她没能救他。

"你很担心这次签证面试是吗？"背后的男人问。

她耸耸肩，轻轻地，尽可能不拉扯到背上的伤痛，挤出一个茫然的微笑。

"回答问题时要直视签证官的眼睛。即使说错了，也不要纠正自己，因为那样一来他们会认为你在撒谎。我有许多朋友被拒签了，都是由于一点点鸡毛蒜皮的小事。我嘛，我是申请探亲签证，我兄弟住在得克萨斯，我要去他那儿度假。"

他的声音很像那些曾经帮助过她的人，那些帮助她丈夫出逃的人，帮她料理乌冈纳葬礼的人，劝说她去大使馆的人。那些人跟她说，回答问题不要支支吾吾。把乌冈纳的事情告诉他们，所有他的事情，但不要夸大其辞，因为每天都有人用谎言向他们申请避难签证，编造一些根本就子虚乌有的死亡亲属。把乌冈纳的事情真实地讲出来。可以哭出来，可别哭得太过分。

那男人说："如今他们再也不会给我们国家的人办理移民签证了，除非申请人按美国的标准看属于富人。不过我听说，如果你是从欧洲国家来的，拿签证一点问题都没有。你是申请移民签证，还是探亲签证？"

"避难。"她没有看他的脸，不过，她感觉到他的惊讶了。

"避难？这是相当难以证明的。"

她想，如果他看《新尼日利亚报》，他可能会知道她丈夫。也许他是知道的。每一个支持民运、主张出版自由的人士都知道她丈夫，尤其她丈夫是第一个公开谴责政变的新闻记者，公开写文章谴责阿巴查将军发动政变、大肆杀害和关押反对者。尽管当兵的冲进报馆没收了刊登那篇文章的大量报纸，塞进黑篷卡车带走，但那些影印件还是流了出去，在拉各斯传播开来——有个邻居看见大桥护栏上也贴了一张，旁边是宣传教会改革的招贴和新上映的电影海报。那些士兵把她丈夫关押了两个星期，打破了他的前额，那上面留下一个L形的伤疤。朋友们带了威士忌来他们寓所庆祝他被释放，大家都来触摸这个伤疤。她记得有人对他说，正是因为有了你，尼日利亚的未来才会有希望。她记得当时丈夫的表情，就像一个兴奋的救世主，他说起一个士兵在殴打他之后给了他一支香烟，他结结巴巴地叙述着那一切，神情始终非常亢奋。几年前，她觉得他那种结巴的样子非常讨人喜欢，可现在没有这种感觉了。

“许多申请避难的人都被拒签了。”背后那男人的声音有点响。也许他一直都在唠叨。

“你看《新尼日利亚报》吗？”她问，她没有转身面对那男人，而是望着排在队伍前面那对正在买饼干的夫妇，那对夫妇打开了饼干盒。

“是的，你想看吗？那边卖报小贩手上还有几份。”

“不，我只是问问。”

“办得很好的一张报纸。那两个编辑，就是尼日利亚需要的人。他们冒着生命危险把真相告诉我们。真是勇敢的人。这种有勇气的人再多一些就好了。”

这与勇气无关，只是一种自我夸大。一个月前，她丈夫把出席表弟婚礼的事儿给忘了，而他们已经答应参加婚礼的，他却对她说，他不能取消去卡杜纳①的行程，因为他对被捕新闻记者的采访太重要了，她当时看着他，这个她与之结婚的男人，那么奋不顾身，离她却是那么遥远，“并不只有你一个人恨这政府。”她独自去参加了婚礼，而他去了卡杜纳，他回来时，他们之间几乎没说什么话，现在两人的之间交流更多是关于乌冈纳的。你简直不能相信这男孩今天做了什么，她会在他下班回家时这样说，然后就说起乌冈纳怎样在他的桂格燕麦片里发现了胡椒，弄得他再也不喝那玩意儿了，要不就是他帮她拉上窗帘什么的。

“那么，你认为那些编辑很勇敢，是吗？”她朝身后的男人转过脸。

“毫无疑问。我们没人能做到这一点。这是我们这个国家真正的问题所在，我们这些人都不够勇敢。”他久久地注视着她，目光里一股凛然正气，又像是带有一丝疑虑，好像在怀疑她是不是替政

① 卡杜纳，尼日利亚中北部城市，卡杜纳州首府。

府说话的人，是不是那种责难民主运动的人，坚持认为只有军人政府最适合尼日利亚国情。如果换一种情形，她也许会告诉他，她自己就是记者，毕业于扎里亚①的大学，她在大学期间组织过抗议布哈里②政府消减学生补贴的集会。她也许会告诉他，她给拉各斯的《晚间新闻》写过文章，她还给《卫报》写过一个出版人被谋杀未遂的文章，她怀孕后辞去了工作，那是因为她和丈夫努力了四年才怀上孩子，由于她的子宫生了纤维瘤。

她转回身，望着那些贴着签证队伍来来回回的乞丐。身穿脏兮兮的束腰长衣的男人，手指捻弄着祈祷念珠，念叨着《可兰经》的经文；眼珠像黄疸病人似的女人，背着病怏怏的、衣服都磨出线头的孩子；一对盲人夫妇，由他们的女儿引领着，脖上挂着“万福圣母玛丽亚”的蓝色纪念章，衣领破烂不堪。一个卖报小贩吹着口哨走过来。小贩胳膊里抱着一沓报纸，她没看见有《新尼日利亚报》。也许已经卖光了。她丈夫最后的一篇文章是《阿巴查的统治岁月：一九九三年至一九九七年》，一开始她并没觉得有什么可担心的，因为那篇文章没有什么新的内容，只是整合了几桩谋杀事件，一些未能履行的官方承诺，以及贪贿钱财等材料，尼日利亚人

---

① 扎里亚，尼日利亚北部城市，属卡杜纳州。位于该市的艾哈迈德·贝洛大学是尼日利亚规模最大的学府。

② 布哈里(1942—)，尼日利亚军人、政客，一九八三年政变上台任国家元首，一九八五年被易卜拉欣·巴班吉达发动的政变推翻。

好像不至于不知道那些事情。她以为这样的文章不会有什么麻烦，不会过于引人瞩目。可就在见报的第二天，BBC就播出了这篇文章，并采访了一位流亡国外的政治学教授，那位教授说她丈夫应该获得“人权奖”。他用笔来反抗压迫，他为沉默者发出声音，他使世界了解真相。

她丈夫在她面前试图掩饰自己的紧张，然而，就在有人匿名打来电话之后，他不再向她隐瞒自己的惶惶不安了——他一直都会接到匿名电话，他是那样一种记者：平时很注意在工作中发展自己的人脉关系——来电者告诉他，国家元首对他非常恼火，他让她看自己发抖的双手。来电者说，军人要逮捕他，已在赶赴他家的路上。也就是说，这将是他最后一次被捕，他再也不能回家了。接到来电几分钟之后，他就爬进了汽车后备厢，这样，如果士兵盘问起来，看门人不妨实话实说，他没看见她丈夫离开。她把乌冈纳送到邻居家，接着马上往后备厢里洒了点水（尽管她丈夫让她赶快开车走人），因为她觉得潮湿的后备厢多少能有些凉意，他在里面会好受些。她驾车送他去一个报社同事家里。第二天，他从贝宁共和国打来了电话，那位同事的线人已经悄悄把他送过了国境线。他去美国的签证（这是他以前去美国亚特兰大培训时拿的签证）依然有效，他到达纽约后就去申请避难签证。她告诉他不要担心，她和乌冈纳会没事的，她将在学期结束后去申请签证，这样，他们一家就能在美国团聚了。那天晚上，乌冈纳很不安分，她让他待到很晚才睡，让他摆弄自己的玩具车，而她在一边看书。当她看见那三个人撞开厨房门冲进来时，她恨自己为什么没让乌冈纳上床睡觉。如果——

“哦，这太阳还不算太厉害，美国大使馆的人至少该给我们搭建一个遮阳的地儿。他们可以用收取的签证费来搭建啊。”身后那个男人说。

后边有人在说美国人收钱是留着给他们自己用的。还有人说他们是故意让申请人在烈日底下等候。于是另一个人笑了起来。她朝那对盲人乞丐夫妇做了个手势，一边从口袋里掏出一张二十奈拉的票子。她把钱搁在他们的托盘里，他们一起用洋泾浜英语颂唱：“上帝保佑你，你会有钱，你会有好丈夫，你会有好工作。”接着又用伊博语和约鲁巴语颂唱。她望着他们走开去。他们没有祝福她“你会有许多漂亮孩子”。刚才她听到他们对排在前面的一个女人这样颂唱。

大使馆的大门打开了，一个穿着棕色制服的人喊道：“排在前面的五十个人进来，填好表格。其余的，改天再来。大使馆只能面谈五十个人。”

“我们还真算运气，嗯？”后面的男人说。

她看着玻璃隔板后面的签证官，他打量着她掩在蓬松的红褐色头发里的满是皱纹的脖颈，那双绿眼睛越过银色镜架上方查看着她的材料，那副眼镜似乎就是一个不必要的摆设。

“你能再复述一遍事情的经过吗，太太？你没有向我们提供更具体的细节。”签证官的脸上带着鼓励的微笑。她知道，这是她讲述乌冈纳的事情的一个机会。

她朝旁边窗口看了一眼，那儿一个穿深色西服的男人恭身俯向玻璃隔板，好像在乞求里面的签证官。而她完全明白，自己宁可死在那个穿连帽衬衫的家伙手里（或是那个光头），也不愿向签证官或是美国大使馆的什么人抖落乌冈纳的事情，一个字都不愿讲，她不会为了寻求自身安全的签证而把乌冈纳兜售出去。

她的儿子被杀了，这就是她所能讲述的事情的全部。被杀了。她什么也不想说，他是一个不知怎么突然就会发出笑声的男孩，笑得那么响亮而清脆；他把糖果和饼干叫做“糕糕”；她抱着他的时候，他会紧紧搂住她的脖子；她丈夫说他将来会成为一个艺术家，因为他不是按照“乐高”积木的玩法来搭建东西，而是自己别出心裁另搞一套，一边一个，两种颜色的模块交替使用——所有这一切，他们不配知道。

“太太？你说这事情是政府干的？”签证官问。

“政府”是一个如此之大的标签，它可以随意使用，它给人们耍花招和找借口提供了免除承担责任的空间。那是三个男人。就像她丈夫或是她兄弟那样的三个男人，就像排在她身后那个人一样的男人。那是三个男人。

“是的，他们是政府的特工人员。”她说。

“你能证明吗？你有什么证明能给我看一下吗？”

“有啊，可是我昨天已经埋葬了我儿子的尸体。”

“太太，对你儿子的事情我很遗憾，”签证官说，“可是我需要你提供证明这事是政府干的证据。这种事情有可能是部落族群之间发生的争斗，也有可能是私人谋杀。我需要政府插手其间的证据。我需要你在尼日利亚身处险境的确凿证据。”

她看着对方褪了色的粉红嘴唇，翕动之间露出细小的牙齿。褪了色的粉红嘴唇长在一张满是色斑的脸上，那是一张不谙世事的面孔。她心里涌起一股冲动，想对这个签证官说，发表在《新尼日利亚报》上的一篇文章是否需要用一个孩子的生命作代价。可她没说。她怀疑这个签证官是否知道那些倾向民运派报纸的事情，她是否知道排在大使馆外面那一溜长长的队伍，没有遮阳的地儿，毒辣的太阳促成了排队者之间的友情，也造成了头痛和绝望。

“太太？美国会给遭受政治迫害的当事人提供新的生活，但这需要证明……”

新的生活。是乌冈纳给了她新的生活，让她惊喜不已的是，她这么快就有了一个新的身份，这是他给予她的，一个新人，他使她变成了“乌冈纳的母亲”，她总是这样告诉他的幼儿班的人，他的老师，还有别的孩子的父母。在他的葬礼上，因为前来的朋友和家人都穿着安卡拉印花布衣服，有人就问：“谁是母亲？”她抬起头，愣了片刻说：“我是乌冈纳的母亲。”她要回到他们家祖祖辈辈的家乡去，种下红龙船花，那是她孩提时候种过的，根茎像针一样细的花。种下一株就够了，他占有的土地是那么小的一块。当红龙船花盛开时，那花朵会招来许多蜜蜂，她要去采摘花朵，蹲在泥地上吸吮着花朵。然后，她要把那些花一朵一朵地排列起来，就像乌冈纳摆弄他的乐高玩具那样。她意识到，这，才是她要的新生活。

隔壁窗口的美国签证官声音很响地对着麦克风说：“我不能接受你的谎话，先生！”

那个穿着深色西服的尼日利亚申请者开始大喊大叫，一边做着手势，挥动着透明塑料文件夹（里面鼓鼓囊囊地装满了文件）。“这是不对的，你怎么可以这样对待别人？我要把这事告到华盛顿去！”一个保安过来把他带出去了。

“太太？太太？”

是她的想象？还是签证官脸上流露出同情之色？她看见那女人迅速将自己红铜色的头发朝后掠去，其实那头发一点都不碍事，安安稳稳地拢在脖子边，环绕着一张苍白的脸庞。她的未来取决于那张面孔。而那张人类的面孔却不能理解她，也许她厨房里用的不是棕榈油，还有，她知道新鲜的棕榈油是一种鲜亮的色泽，鲜亮的红色，当它不新鲜时，就会变成一种色泽不均的橘黄色。

她慢慢转过身，朝出口处走去。

“太太？”她听见身后传来签证官的喊声。

她没有转身回去。她走出了美国大使馆，走过那些乞丐身边，那些人还胳膊伸得老长地托着搪瓷碗来回乞讨，她钻进自己的车里。

颤　抖

尼日利亚飞机坠毁的那一天，也就是尼日利亚第一夫人丧命之日，有人使劲敲乌卡玛卡在普林斯顿的家门。这敲门声让她非常惊讶，因为没人会在事先未告知的情况下来敲她的房门——毕竟这是在美国，人们会在来访之前先来电话——除了联邦快递的人，不过他们从来不会把房门敲得这么响。敲门声让她惊跳起来，因为从早上起她就一直在网上浏览尼日利亚新闻，频繁地刷新界面，给自己父母和在尼日利亚的朋友打电话，一杯接一杯地喝着伯爵红茶，好让自己冷静下来。她找到了仅有的几帧早前发自飞机坠毁现场的照片。每次查看那些照片，她都得调亮手提电脑的屏幕，费力地看着那篇标题为《失事》的新闻报道，大块的残骸夹杂着白色碎片四下散落开来，就像是撕碎的纸片，那个不起眼的烧成焦炭的块状物，很有可能是那架乘客满员的飞机上的人——系好安全带开始祈祷的人，在座位上打开报纸的人，等着空中服务员推着食品车来问“要三明治还是蛋糕”的人，有可能，她的前男友乌丹纳就在这些人中间。

敲门声又起，敲得更响了。她透过猫眼朝外看去：一个矮胖个子、深色皮肤的人站在外面，看上去好像有些面熟，她好像在哪儿见过这人。也许是在图书馆或是普林斯顿的校区交通车上。她开了门。那人微微一笑，没有看她的眼睛。“我是尼日利亚人，我住在三楼，我来是想一起为这个国家发生的事情祷告。”

她很惊讶，他竟知道她也是尼日利亚人，还知道她住的地方，跑来敲她的门，她仍然无法确定自己在什么地方见过他。

“我可以进来吗？”他问。

她让他进门。她把一个陌生人引进了自己的公寓，这人穿着宽松的普林斯顿大学运动衫，他来为尼日利亚发生的事件祷告，他伸出手来拉住她的手，这时她稍稍犹豫了一下，然后才递出自己的手。他那种尼日利亚五旬节派的祷告风格让她有些不安：祈祷人用耶稣的鲜血庇护一切，去跟邪恶的神灵作战，扑向魔鬼把它们扔进海里。她想打断他，告诉他这没有必要，没有必要搞得这么血淋淋，没有必要这样拘泥于教条，这会把信仰变成一种拳击练习。她想告诉他，与其说生活是与挥舞长矛的撒旦作斗争，不如说是我们与自身的搏斗。信仰是我们为了自己的良心而做出的一种选择，它在磨砺中会越来越锐利。可她没有把这些话说出来，因为从她嘴里说出来会显得过于道貌岸然，她总是无法像派屈里克神父那样用朴实无华的切题的语气阐述一番救赎之言。

“耶和华上帝，所有的邪恶都不能得胜，所有与我们作对的凶器都不能奏效，奉耶稣基督之名所求！父神啊，我们用耶稣宝贵的鲜血庇护尼日利亚所有的飞机，父神啊！我们用耶稣宝贵的鲜血庇护整个天空，摧毁所有的黑暗使者……”他的声音越来越响，他的脑袋一顿一顿的。她想小便了。两人的手紧攥在一起让她感到尴尬，他的手指温暖而坚实，一段喘不过气来的长长的祷告第一次停顿下来时，她感到很不舒服的是由她来说“阿门”，她以为祷告结束了，其实没有，于是在他继续祷告时她赶快再次闭上眼睛。他一遍遍地祈祷，当他说到“父神”或是“奉耶稣基督之名”时就会紧捏一下她的手。

她感到自己颤抖起来，整个身体发出的一种不由自主的颤抖。是上帝的意旨吗？有一次，那是多年前，她还是个十来岁的少女，每天早上都一丝不苟地念《玫瑰经》，跪在自己简陋的木床边，那些她并不理解的语言便从嘴里流利地迸发出来。这样的状况会持续几秒钟，那些费解的万福玛丽亚的祷告词从她嘴里一泻而出，可那次就在《玫瑰经》将要结束时，她感到有些惊吓，真的感觉到上帝用一种清冷的氛围把她贴贴实实地裹起来了。这件事她只告诉过乌丹纳一个人，他说这是她自己想象出来的情形。可我是怎么想象出来的呢？她问。我怎么能想象出一种我自己都不想接受的情形呢？不过，说到后来，她还是同意他的说法了（她几乎总是同意他的任何说法），她说这一切确实都是自己想象出来的。

此刻，这种颤抖就像它突然开始一样，又突然停止了，这当儿那尼日利亚人刚结束祷告。“奉耶稣基督全能而永恒之名！”

“阿门！”她说。

她从他手里抽出自己的手，喃喃地说了“对不起”，就跑到卫生间去了。她出来时，他仍然站在厨房门边。他的举止有些耐人寻味，他抱着胳膊站在那儿的样子让她想起“谦恭”那个词儿。

“我叫奇奈杜。”他说。

“我叫乌卡玛卡。”她说。

他们握了握手，都感到好笑起来，因为他们刚才还手拉手一起做祷告。

“这次飞机坠毁真是可怕，”他说，“非常可怕。”

“是啊。”她没有告诉他也许乌丹纳就在那架飞机上。她希望他这就可以离开了，因为他们已经一起祷告过了，可他却走进了起居室，坐到沙发上，开始说起他是怎样听到飞机坠毁的消息，好像是她要求他待在这儿的，好像她需要了解他今天上午所有的细节——他听了BBC在线新闻，因为美国的新闻报道没有任何实质性的消息。他告诉她，他一开始没有意识到这是两个不同的事件——第一夫人做了腹部减脂手术后不久，在西班牙筹办自己的六十岁生日派对时去世了，而那架从拉各斯飞往阿布贾的班机就在同一时间坠毁。

“是啊，”她说，她在电脑前坐下，“一开始我还以为她也死于这场空难。”

他轻轻摇晃着脑袋，胳膊仍然交叠抱着。“这真是太巧了。上帝借此告诉我们一些事。只有上帝才能拯救我们这个国家。”

我们，我们的国家。这些言辞用共同的失落感把他们联系在一起，有一刻，她感觉和他十分亲近。她又一次刷新了网页。那上面还是没有幸存者的消息。

“上帝必须掌握尼日利亚，”他继续说下去，“他们说文官政府比军人政府好，可是瞧瞧奥巴桑乔①都干了些什么。他把我们这个国家害得好惨。”

她点点头，不知道该怎样用最礼貌的方式请他离开，可又不太情愿这样做，因为他的出现似乎带来了她的乌丹纳能够生还的希望，她也说不上是怎么回事。

“你看过那些罹难者家属的照片吗？有一个妇女撕破自己的衣服满地打滚。她说她的女儿就在那架飞机上，她女儿是去阿布贾为她买针织品的。天哪！”奇奈杜发出一声长长的吸气声表示他的悲哀，“我认识的一个朋友本来也可能在那架飞机上，但后来他给我发了一封邮件说他一切平安。我的家人也都不可能在那架飞机上，

---

① 奥巴桑乔(1935—　)，尼日利亚前总统，军人出身的政治家。一九七六年至一九七九年出任军人政府的国家元首，一九九九年至二〇〇七年连续两届被选为总统。

所以，我至少不必为他们担心，因为他们根本买不起一万奈拉一张的机票！”他笑了起来，这冷不丁的笑声显得不合时宜。她刷新了网页。还是没有消息。

“我认识的一个人在那架飞机上，”她说，“他也许就在那架飞机上。”

“耶和华上帝！”

“我的男朋友乌丹纳。确切地说，是前男友。他在沃顿商学院读MBA，上星期去尼日利亚参加他表姐的婚礼。”她的话说出口以后才意识到自己用的是过去时态。

“你没有他任何确切的消息吗？”奇奈杜问。

“没有。他没有尼日利亚的手机，我没打通他姐姐的手机。也许她和他在一起。婚礼应该是明天在阿布贾举行。”

他们沉默地坐在那儿，她注意到奇奈杜的双手紧紧攥成了拳头，他不再前后摇摆身子。

“你最后一次和他通话是什么时候？”他问。

“上个星期。他离开这儿去尼日利亚前来过电话。”

“上帝是守信的。上帝是守信的！”奇奈杜抬高了声音，“上帝是守信的。你听见我说的了吗？”

乌卡玛卡听着有些惊心，说：“听见了。”

电话铃响了。乌卡玛卡跳了起来，黑色的无绳电话就搁在电脑旁边，她害怕去接这电话。奇奈杜站起来伸手想接，她说："别！"然后拿起电话走到窗前。"喂？喂？"现在打来电话的不管是谁，她都希望别用什么开场白来让她受惊。原来是母亲。

"没事儿，乌丹纳一切平安。切考迪利刚来过电话，说他们正好错过了那班飞机。他挺好的。他们本来要乘坐那个航班的，可他们错过了，感谢上帝。"

乌卡玛卡把电话搁在窗沿上，开始抽泣起来。一开始，奇奈杜搂着她的肩膀，接着把她搂进了怀里。她的情绪很久才平静下来，她跟他说乌丹纳一切平安，然后就又回到他的怀抱里，她很惊讶自己居然很熟悉这种慰藉的方式，她确信他凭本能就会理解她的哭泣是由于释然，那可怕的事情终究没有发生。由于本来也许会发生的事情而伤感，也由于事情了犹未了的愠怒——自从在纳索街一家冰淇淋店里，乌丹纳对她说他俩的关系已经结束。

"我知道上帝会解救他的！我向上帝祷告保证他的安全。"奇奈杜说着摩挲着她的背脊。

后来，她请奇奈杜留下一起吃午餐，她在微波炉里加热饭菜时，问他："如果你说是上帝有责任保证乌丹纳的平安，那么上帝也该对那些死去的人负责了，因为本来上帝也能让他们平安无事。这是不是说上帝更偏爱某些人呢？"

"上帝的方式不是我们的方式。"奇奈杜脱下自己的运动鞋，搁到书架上。

“这说不通啊。”

“上帝永远都是说得通的，但永远不会以人的道理为标准。”奇奈杜一边说着，一边浏览书架上的照片。这个问题她曾问过派屈里克神父，可是派屈里克神父也认为上帝的行事并不总是讲道理的，他耸了耸肩膀，就像她第一次见到他那样，就是夏末的一天，乌丹纳跟她说他俩的关系结束了。她和乌丹纳一起在托马斯街上喝草莓香蕉奶昔，他们的周日一般都是这样度过的，一起出去购置一些日用品，随后坐在一起喝上一杯，乌丹纳啧啧有声地喝了一会儿对她说，他俩的关系已经结束很长一段时间了，他们还在一起，完全是出于习惯，她看着他，等着他大笑起来，尽管那不是他开玩笑的风格。他用了“固化了”这个说法。没有别人插足进来，因而他们的关系就一成不变了。这“固化了”的关系已有三年之久，而这三年里她的生活一直围绕着他转。而这“固化了”的关系让她去找她的叔叔帮忙，给她毕业后在阿布贾找工作，因为乌丹纳毕业后要回到那里，开始建立他所谓的“政治资本”，去运作他的阿南布拉州①州长一职。这“固化了”的关系让她现在做炖汤都会加上胡椒，因为这是他喜欢的。因为“固化了”的关系，他们时常会说起要几个

① 阿南布拉州，位于尼日利亚中南部，首府阿沃卡。

孩子的事儿，她觉得一个儿子一个女儿最为顺理成章，女儿就叫乌拉丽，儿子就叫乌多卡，孩子们的名字都以字母“U”打头。她离开了托马斯街，漫无目标地信步走到纳索街，接着又往回走，最后经过一座石头建造的灰色教堂，她走进去，对衣服上饰有白领圈、正要钻进“斯巴鲁”汽车的那人说，生活完全是不讲道理的。他告诉她，他是派屈里克神父，生活确实是不讲道理的，但我们所有的人必须要有信仰。要有信仰。“有信仰”这话就像是在说，你得个子高些，你得身材匀称。她想让自己个子高些，想让身材匀称些，可是她根本就办不到，她个子矮，臀部扁平，她难以遏止柔软的下腹部开始外突，她穿上斯潘克斯修身内衣时，那紧绷绷的纤维使得小腹更显外突。当她说出这番话时，派屈里克神父哈哈大笑起来。

“说你要有信仰，不是在说你要个子高、身材匀称的意思。而是那种意思，你即使小腹外凸不得不穿上斯潘克斯修身内衣也没关系。”他说。她听了也大笑起来，很惊奇这个一头银发的胖胖的白种男人居然也知道斯潘克斯。

乌卡玛卡往盘子里盛了一些炖汤，搁在奇奈杜那份热过的米饭旁边。她说：“如果上帝对某些人的偏爱甚于其他人，那乌丹纳的幸免于难就不那么说得通了。在预订那班飞机的人里边，乌丹纳不可能是最好的或是最善良的人。”

“你不能用人的理性来判断上帝，”奇奈杜举起她摆在盘子里的叉子说，“请给我一把勺子。”

她把勺子递给他。乌丹纳很可能对奇奈杜用餐的方式感到发噱，他会说，奇奈杜用勺子吃饭不嫌麻烦呀，而他自己是用手指抓饭吃的——乌丹纳有那种本事，能够根据对方的姿势以及所穿的鞋子，一眼就知道这人的童年经历。

“那就是乌丹纳，是吗？”奇奈杜指着那张镶在柳枝相框里的照片问。照片上乌丹纳的胳膊搂着她的肩膀，两人开朗地微笑着，那是在费城一家餐馆里，一个陌生人给他们拍的，那陌生人说：“你们真是可爱的一对儿，结婚了吗？”乌丹纳回答：“还没有。”脸上露出那种调情般的坏坏的微笑（这是他对陌生女人常用的表情）。

“是的，这就是高傲的乌丹纳，”乌卡玛卡做了个鬼脸，在小餐桌上放下自己的盘子，“我一直忘了把这张照片拿掉。”这是说谎。过去的几个月里，她时常凝视着这张照片（有时并不情愿），总是害怕最后的结束。她感觉到奇奈杜也知道这是谎言。

“你们是在尼日利亚认识的？”他问。

“不是的，三年前，我们在我姐姐的毕业典礼上认识的，在纽黑文。是姐姐的一个朋友把他带来的。他在华尔街工作，我已经在这儿读研究生了，但我们认识许多费城附近来的人。他在宾夕法尼亚大学读的本科，我的本科是在博懋大学读的。很有意思的是我们有许多共同点，但那天之前却从未见过面。我们差不多是同一时间到美国来读大学的。我们甚至是同一天在拉各斯考试中心考的 SAT！”

“他看上去很高。”奇奈杜说，他仍然站在书架边，手里端着盘子。

“他身高六英尺四，”她从自己的声音里听出了骄傲的口吻。“这不是他拍得最好的照片。他长得很像托马斯·桑卡拉。我十来岁的时候，特别迷恋那人。你知道，就是那个布基纳法索总统，很受欢迎的总统，他们杀了——”

“我当然知道托马斯·桑卡拉。”奇奈杜向照片凑近看了一眼，好像要在那上面找出桑卡拉那样出了名的英俊。然后说：“我曾经有几次在停车场见过你们两个，我知道你们都是尼日利亚人。我想上前来作个自我介绍，却因为急着赶通勤巴士就没过来。”

乌卡玛卡很高兴听到他这么说，他看到过他俩在一起，这就使这段关系变得确凿可信了。过去三年她一直和乌丹纳睡在一起，让自己的计划与他合拍，在做饭时加入胡椒，这一切，毕竟不是出于她的想象。她忍住了向奇奈杜的发问(你记忆中的我们是怎样的)：你是否看见乌丹纳把手放在我后背的下部？你是否看见乌丹纳对我说了什么暗示性的话，于是我俩的脸凑到了一起？

“你是什么时候看见我们的？”她问。

“大约两个月前。你正向自己的车走去。”

“你怎么知道我们是尼日利亚人？”

“我基本上都能猜得出来。”他在她的对面坐下来，“但今天早上，我看到邮箱上的名字，才知道你们就住在这里。”

“我现在想起来了，我在通勤巴士上见过你。我知道你是美国人，不过我以为你是从刚果来的。你看上去太文雅了，不像尼日利亚人。”

奇奈杜笑了。“谁说我很文雅？”他嘲弄地鼓起胸部，嘴里满是米饭。乌丹纳可能会指着奇奈杜的前额，说不必听这个人的口音就知道他是在自己村里读的社区中学，在蜡烛光下靠着词典学的英语，因为你只需看一眼他那凹凸不平、筋脉鼓出的前额就能明白他的出身。乌丹纳就是这样形容他在沃顿商学院的那个尼日利亚同学的，他始终回避跟他的友好接触，人家的电邮他从来不回。那个生着泄露自己身份的前额、举止粗鲁的学生，就是不达标。“达标”，乌丹纳经常用这种词，她起初觉得比较幼稚，但从去年开始，她自己也常用这个词了。

“炖汤是不是太辣了？”她注意到奇奈杜吃得很慢。

“挺好的。我习惯了吃辣。我在拉各斯长大的嘛。”

“我在遇到乌丹纳之前从来不吃辣。我现在都不能肯定自己是不是喜欢吃辣。”

“可你做菜时还会搁胡椒。”

她不喜欢听到这种说法，她不喜欢他的面孔凑过来，脸上一副难以捉摸的表情，他看了她一眼，然后又把目光转回自己的盘子。她说：“嗯，我想我现在已经习惯吃辣了。”

“你能再看一下最新消息吗？”

她敲了一下键盘，刷新了页面。坠毁飞机上所有人员没有生还者。政府已经证实了这次航班上的一百十七个人全部遇难。

“没有幸存者。”她说。

“上帝，你该管管这事儿。”奇奈杜说着响亮地深吸了一口气。他走过来坐在她身边，看着手提电脑，他俩的身体挨得很近，从他的呼吸中闻到了她饭菜里的胡椒味儿。出事地点的照片更多了。乌卡玛卡两眼瞪着那些没穿衬衫的男人中的一个，他正扛着一块活像扭曲的床架似的金属残骸，她无从想象这玩意儿会是飞机身上的哪个部件。

“我们国家有太多的邪恶和不公正。”奇奈杜说着站起身来。“太多的腐败，太多的我们必须为之祷告的事情。”

“你说坠机是来自上帝的惩罚？”

“是一种惩罚，也是个警告。”奇奈杜吃下最后一口米饭。他用勺子刮蹭着牙齿时，让她觉得好不心烦。

“我十来岁的时候，曾经每天都去教堂，每天早上六点就做晨祷。我都是自己一个人做的，我的家人属于那种只在礼拜天进教堂的人。”她说，“可是有一天，我不再去了。”

“每个人都会遇到信仰危机。这很正常。”

“不是信仰危机的问题。教会突然间变成了圣诞老人，有些事情，当你还是个孩子时，你永远不会去问，可你长大成人后，你会意识到那个穿着圣诞老人衣服的人其实就是这条街上的一个邻居。”

奇奈杜耸耸肩，好像没有太多耐心来听这种矛盾心态和颓废之情。“米饭没有了？”

“还有呢。”她拿过他的盘子，又热了些米饭和炖汤。她把食物递给他时说：“我不知道如果乌丹纳死了我会怎么样。我甚至都不知道自己会有什么感受。”

“你必须对上帝怀有感激之心。”

她走向窗子调整了一下窗页。现在已是初秋，她可以看见外面劳伦斯大道上的行道树，一簇簇的树叶有绿的也有紫铜色的。

“乌丹纳从来不对我说‘我爱你’，因为他觉得那是陈词滥调。我曾经对他说过，他对某些事情的说法让我觉得遗憾，而他却哈哈大笑，说我不应该使用这样的说法，诸如‘你有这样的感觉让我觉得遗憾’，因为这都是别人嘴里的陈词滥调。我觉得自己说得够机智、够俏皮或够聪明的话，可他什么反应也没有。他总想与众不同，甚至在无关紧要的事情上。好像他是在表演自己的生活，而不是在过自己的生活。”

奇奈杜什么都没说。他嘴里满是食物，有时他用手指帮忙把米饭拨进勺子里。

“他知道我喜欢住在这儿，但他跟我说过，普林斯顿是一所多么乏味的学校，根本不能住人。如果他觉得某些事情在我看来相当幸福而他却并不赞成，他总能到找到办法让其降温。你怎么能够爱一个人却要使幸福掌控在允许的范围之内？”

奇奈杜点点头。她明白，他在两方面都理解并认同她的看法了。接下来的几天里，天气已经凉爽到能让她穿长筒皮靴了，这几天她一直都在搭乘校园巴士，在图书馆为自己的论文找资料，约见自己的指导教师，给本科作文班讲课，或者就是约谈那些要求晚交作业的学生，每天都很晚才回到公寓，等着奇奈杜来，然后给他做米饭、披萨或是意大利面。这样她就可以跟他聊聊乌丹纳。她对奇奈杜说的事儿，都是不想对派屈里克神父说的。她喜欢奇奈杜的少言寡语，看上去好像不仅在听她说，还在思索着她说的话。有一次，她曾漫不经心地想和他发展一下关系，让自己放任于通常的恋爱套路，可他身上却有着一种与众不同的无性气质，这让她感觉自己不必在眼睛下面涂抹遮瑕粉来遮掩黑眼圈。

她住的这幢公寓里住满了外国人。她和乌丹纳曾经开玩笑说，正是因为在这个全是外国人的新环境中，他们才对别人显得冷漠了。在走廊上，在电梯里，他们遇见别人从来不打招呼，在校园巴士五分钟的行驶时间里，也从来不看其他乘客的眼睛，他们之中有许多是从肯尼亚、中国和俄罗斯来的知识精英，那些研究生和访问学者，意欲执掌这个世界，治疗和重新创造这个世界。所以，让她感到惊奇的是，她和奇奈杜一起走向停车场时，他会向某人挥挥手，或对某人说声“嗨”。他告诉她，那个日本博士后有时会让他搭便车去商业区，那个德国博士生的两岁女儿会把他的名字念成奇恩德尔。

“你是做项目时认识他们的？”她问，又加上一句，“你做什么项目？”

有一次他说过自己在做化学方面的某个项目，她估计他在攻读化学专业的博士。这就是她从未在校园里看见他的缘故，因为科学实验室设在较远的地方，也较偏僻。

“不是。我是搬到这儿以后认识他们的。”

“你搬来有多久了？”

“时间不长，春天搬来的。”

“我刚来普林斯顿时，还拿不定主意是否要住在一个全是研究生的房子里，可我现在很喜欢这儿。乌丹纳第一次来看我时，他说这片建筑实在太丑，一点风情都没有。你以前就住在研究生楼里吗？”

“不是。”奇奈杜停了一下，眼睛看往别处。“我知道我必须想办法在这幢楼里交些朋友。否则我怎么去商场去教堂呢？感谢上帝，你有辆车。”他说。

她喜欢他这样说，“感谢上帝你有辆车”，因为这是对于友谊的一种宣称，是可以长期相处的一个条件，是人家愿意听她聊乌丹纳的理由。

每到星期天，她先开车送奇奈杜去劳伦斯城，那儿有他的五旬节派教堂，再去纳索街的天主教堂，做完礼拜后，她接上他，他们一起去麦克卡弗莱的日用品商场购物。她注意到他购物极少，而且经常细心地收集各种商品甩卖的小广告，那是乌丹纳从来都不在意的东西。

这会儿她在“野燕麦”商场停下来，她和乌丹纳曾在这里买过有机蔬菜，奇奈杜摇摇头，他不明白为什么有人愿意付更多的钱买同样的蔬菜，就因为这些蔬菜没有用化学肥料种植。他仔细查看着陈列在大塑料配送架上的谷物，她在挑选装在包装盒里的西兰花。

“这是无化学种植，那是无化学种植。人们这是在无谓地浪费钱。难道他们吃的药不是化学制剂？”

“你知道这不是一码事，奇奈杜。”

“我看不出有什么区别。”

乌卡玛卡笑了。“对我来说，其实都无关紧要，但乌丹纳总是买有机蔬菜和水果。我想他在什么地方读过一些东西，说像他这样的人理应买这样的东西吧。”

奇奈杜再一次用那种莫名其妙的表情看着她。他在评判她吗？还是他心里已经对她有了某种看法？

她打开后备厢拿出食品袋，一边说：“我饿了。我们找地儿去吃点三明治好吗？”

“我不饿。”

“我请你。你是不是更喜欢中国餐？”

“我在禁食。”他平静地说。

“噢。”她在十来岁的时候也禁过食，整整一个星期只在早晨喝点水，因为要祈祷上帝让她在高中考试中得到最好的成绩。她后来拿了第三名。

“怪不得昨天你一点米饭都不吃，”她说，“那么我吃，你坐在一边可以吗？”

“可以。”

“你经常禁食吗？还是你在祈祷特别的事儿？也许这问题太私人了，我不能问？”

“太私人了，你不能问。”他庄重地模仿着她的话。

她从“野燕麦”出来回到车上就放下了车窗，停在那儿等着两个没穿外套的女人走过去，她们的牛仔裤绷得紧紧的，满头金发被风儿吹得纷披散乱。深秋的日子里，今天倒显得特别温暖。

“秋天有时候会让我想起干燥的热风季节。”奇奈杜说。

“我知道，”乌卡玛卡说，“我喜欢干燥的热风季节。我想那是由于圣诞节吧。我喜欢干燥的尘土飞扬的圣诞节。去年圣诞节乌丹纳和我一起回老家了，他在尼莫①和我的家人一起过的新年，我叔叔一直问他：‘年轻人，你什么时候会带你的家人来敲我们的门呢？你在学校学的是什么？’”乌卡玛卡模仿着那种粗嘎的声音，奇奈杜笑了起来。

“你离家以后回去过吗？”乌卡玛卡问，就她内心想象来说，她觉得他应该没有。他肯定无法负担往返的机票和旅途费用。

“没有。”他的声音很呆板。

“我本来打算研究生毕业后回拉各斯，参加一个非政府组织的工作，但乌丹纳想从政，所以，我只好考虑去阿布贾了。你这儿的学业结束后会回去吗？我想你可以在尼日尔三角洲的某个石油企业找到一份高薪工作，你是化学专业的博士嘛。”她知道自己说话太快，过于喋喋不休，竭力想消除她刚才产生的不舒服的感觉。

“我不知道。”奇奈杜耸耸肩，“我可以给收音机换个台吗？”

“当然可以。”她觉出了他情绪的变化，他把汽车电台从 NPR②

① 尼莫，尼日利亚中南部城市，属阿南布拉州。
② NPR(National Public Radio)，美国国家公共电台。

转到调频立体声的闹哄哄的音乐，眼睛一直盯着窗子。

“我想我知道你最喜欢什么，是寿司，而不是三明治。”她带点嘲意地说。她曾经有一次问过他喜不喜欢寿司，他说：“上帝不允许的。我是个非洲人。我只吃炖煮的食物。”她又说：“什么时候你真的应该尝尝寿司。你住在普林斯顿怎么能够不吃刺身呢？”

他只是微微一笑。她驱车向三明治店慢慢驶去，一边不断地跟着收音机里的音乐节奏甩着脑袋，表示她很喜欢这音乐，而他似乎也喜欢。

“我买了三明治拿上就走。”她说，他说他可以在车里等。当她回到车上时，一股鸡肉裹大蒜的味儿顿时飘满了整个车厢。

“你的手机响过了。”奇奈杜说。

她拿起手机，转到未接来电上，一看是瑞切尔，是她同系的一个朋友，也许是想问她是不是想去参加明天在学校图书馆举行的道德与小说讨论会。

“我不相信乌丹纳居然没给我打电话。”她说着发动了汽车。他曾发来过一封电邮，说感谢她对他在尼日利亚期间的关心。他已经把她从MSN即时聊天名单中删除了，所以她现在没法知道他是不是在线。他也没有来过电话。

“也许，他不来电话是他能够做的最好的事情，”奇奈杜说，“这样你可以继续过自己的生活。”

“事情不是那么简单。”她说，稍稍有些恼怒了，因为她在等着乌丹纳打来电话，因为那照片仍然摆在她的书架上，因为奇奈杜话里的意思好像只有他知道什么对她最好。她把愠恼憋在心里，一直等到他们回到公寓楼，在他拿起购物袋回自己房间，然后又回到她这儿时，她说：“你知道，事情真的没你想的那么简单。你对爱情懂得个屁。”

“我懂的。”

她看着他，他身上还是他第一次来敲她房门那天下午穿的衣服：一条牛仔裤，一件旧运动衫，领口已经耷拉下来了，胸前印着“普林斯顿”的橘色字样。

“你从来没说过这方面的事儿。”她说。

“你从来没问过。”

她把三明治搁在盘子里，坐在小餐桌前。“我不知道可以问你什么。我以为你自己会告诉我的。”

奇奈杜一声不吭。

“那你告诉我呀。跟我说说你的爱情故事。是发生在这儿，还是在国内？”

这一刻非常安静。她拿起一块小餐巾，倏忽之间凭着直觉明白了什么，也许从一开始就知道，但她说出来了，因为她觉得他想让她大吃一惊：“噢，你是个同性恋。”

“有人曾跟我说过，说我是她认识的人里边最古怪的一个同性恋，我讨厌自己这副样子。”他释然地微笑着。

“那么，请跟我说说这种爱吧。”

那男人的名字叫阿比德米。奇奈杜说起阿比德米这个名字的样子，让她想起在一片酸痛的肌肉上轻柔地按摩，那痛感带有一种自作自受的满足。

他慢慢讲述着，不时纠正一些在她想来无关紧要的细节——阿比德米带他去一个私密的同性恋俱乐部，那天是星期三还是星期四？他们好像跟一位前州长握了手？——而她觉得他的叙说总是在避实就虚，也许他根本没有打算把全部事情告诉她。在他讲述的时候她吃完了三明治，挨着他坐到沙发上，阿比德米似乎勾起了她某种奇怪的怀旧情绪：他喝健力士烈性黑啤，他让自己的司机去路边小贩那儿买大蕉，他去五旬节教会的洛克大教堂，他喜欢“双四餐馆”的黎巴嫩羔羊肉饼，他玩马球。

阿比德米是一个银行家，一个大富翁的儿子，他在英格兰上的大学，他的束腰皮带都带有设计优雅的标识。他曾系着这样的皮带走进拉各斯的一家移动电话公司的办公室，奇奈杜就在那里做客户服务。他用几乎是粗鲁的语气问他是否可以跟一个高级管理人员谈谈，但奇奈杜没有错过两人目光相接的那一瞬间，那种强烈的震颤，自从他和中学的一个体育特长生有过关系后就再没有出现过。

阿比德米把自己的名片给了他，简短地说了一声："给我电话。"这就是他在此后的两年里和奇奈杜相处的方式，他想知道奇奈杜要去什么地方，在做什么，他没有征求奇奈杜的意见就给他买了一辆车（搞得奇奈杜只能尴尬地向亲友家人解释他怎么会突然买了辆本田车），让他马上出发去卡拉巴尔，去卡杜纳①，却只给他一个时间信息。当奇奈杜没能及时接他电话时，他会发来恶骂的短信。但奇奈杜仍然喜欢这种被占有的感觉，这段关系对他们两人都至关重要。这段关系一直持续到阿比德米说他马上要结婚了。对方的名字叫凯米，两家父母认识多年了。他俩都知道婚姻是不可避免的，他们都不说，但都明白。如果奇奈杜不是在阿比德米父母的结婚纪念派对上遇到凯米的话，一切都不会有什么改变。他本来不想去的——他一直避免参加阿比德米家里的一切活动——但阿比德米坚持要他到场，说只有奇奈杜在场，他才有可能在那么漫长的夜晚活下来。阿比德米把奇奈杜介绍给凯米时说了一句"他是我很好的朋友"，那声音好像带着让人不快的笑声。

"奇奈杜比我能喝多了。"阿比德米对凯米说，凯米梳着长波浪发型，身着无带黄色衣裙。她坐在阿比德米旁边，不时伸手去拂拭他衬衫上的什么东西，把他的酒杯斟满，一只手搁在他的膝盖上，

① 卡拉巴尔，尼日利亚东南部港口城市，克罗斯河州首府；卡杜纳，尼日利亚中北部城市，卡杜纳州首府。

她的整个身子都一直贴在他的身上配合着他的动作，好像随时准备起身做点能够讨他欢心的事儿。“你说我会长出啤酒肚，是吗？”阿比德米的手伸到她大腿根部，“我告诉你，这个人会比我先长出啤酒肚。”

奇奈杜紧张地微笑了一下，他脑袋里开始一阵阵地抽搐，他对阿比德米的愤怒马上就要爆发出来。当奇奈杜对乌卡玛卡说起“脑袋里就要炸开来”时，乌卡玛卡注意到他的神情变得紧张起来。

“你希望自己没见过他的妻子才好，是吗？”乌卡玛卡说。

“是的，我希望他抵制家里的安排。”

“他肯定抵制过。”

“他没有。我那天看着他，我们两个都在场，他喝着烈性啤酒，对我开着他妻子的玩笑，对她开着我的玩笑，我知道那天晚上他在床上会睡得很好。如果我们的关系继续下去，他会来找我，然后回家去找她，每天晚上都睡得很好。我希望有时候他别睡得那么好。”

“你们结束了？”

“他很气愤。他不理解我为什么不能照他要求的去做。”

“一个人怎么可能爱你，却要你只能按照他喜欢的方式行事？乌丹纳就是这样。我觉得我实在是不能理解这种爱。”

奇奈杜的大腿紧紧压着沙发垫。“乌卡玛卡，不是什么事情都能扯上乌丹纳的。”

“我只能说阿比德米多少有点像乌丹纳。我揣想，我不能理解这样一种爱情。”

“也许这不是爱。”奇奈杜说着突然从沙发上站起来，“乌丹纳让你这样，乌丹纳让你那样，可为什么你没有让他这样或是那样？你有没有想过这不是爱？”

他这语气有点恶狠狠的，有那么一会儿，乌卡玛卡都有些害怕了，她随之感到生气了，让他离开自己的寓所。

在这之前，她已经开始注意到奇奈杜的某些怪异。他从来没邀请她去过他的寓所，有一次，他跟她提及自己寓所的房号，后来她查看了那个房间的信箱，却惊讶地发现那上面不是他的姓名，这幢公寓的管理员非常严格，信箱上必须是租户的名字。他甚至好像从来都不需要到校园里去，这事情她只是问过他一次，他用别的什么话题搪塞过去了，也就是告诉她，他不想谈这个，她便放过了这事儿，因为她猜测是由于他学业上的问题，也许是学位论文还没有着落。一个星期后就出了这档子事，她让他离开她的寓所，她这一星期里都没跟他说话，她到他的寓所去敲了他的门，他开了门，一脸警觉地看着她，她问：“你在赶论文吗？”

“我很忙。”他简短地回答，当着她的面关上了门。

她站了一会儿，回自己房间去了。她后来再没有跟他说过话，她告诉自己，这是一个丛林里来的粗鲁的野蛮人。但星期天到了，她已经习惯于先开车把他送到劳伦斯街的教堂，然后再去纳索街自己的教堂。她盼着他来敲自己的门，然而她知道他不会来了。她突然感到有些担忧，他可能会让同一层楼里的其他人送他去教堂。这种担忧变成了惊慌，于是她去敲他的房门。敲了好一会儿他才来开门，一副疲惫潦倒的模样，脸也没洗，灰蒙蒙的。

“对不起，”她说，“我问你学位论文的问题实在太愚蠢了，对不起。”

“下次你要道歉就直接道歉，不用说别的。”

“你要我开车送你去教堂吗？”

“不要。”他作了个手势让她进来。屋子里只是稀稀拉拉地摆着一个长沙发、一张桌子和一台电视机，另外几面墙边都堆着书，从地上叠到天花板。

“听着，乌卡玛卡，我得告诉你出了什么事儿。坐下。”

她坐下来。电视里正播放着卡通片，一本摊开的《圣经》搁在桌上，旁边那杯子里的东西像是咖啡。

“我失去身份了。我的签证三年前就过期了。这屋子是我一个朋友的。他这个学期在秘鲁，他说我可以在这儿一直住到能把自己的问题解决了。”

“你不是普林斯顿的？”

“我从来没说过我是。”他转身合上那本《圣经》，“移民局很快就要给我递送驱逐出境的通知书了。家里那边没人知道我的真实情况。从我失去建筑公司的工作后，我甚至都不能给他们寄钱了。我的老板人很好，他私底下给我开工资，但他说他不想惹麻烦，因为会有移民局的人突然检查工作场所。”

“你有没有试过找个律师？”她问。

“找律师做什么？我不需要立案。”他咬着下唇，她从来没见过他这么狼狈的样子，他那疲惫的脸，暗淡的眼神。她本来不想打听更多的细节，因为她知道他不愿意告诉他更多的内情。

“你的样子看上去很糟糕。从我上次见你以后，你都没吃过饭吧？”她说着，想起这几个星期里，在她聊着乌丹纳的时候，奇奈杜却在担心被驱逐。

“我在禁食。”

“你确定不想让我送你去教堂？”

“也太晚了。”

“那就跟我一起去我的教堂吧。”

“你知道我不喜欢天主教堂，不喜欢那些没有必要的跪下站起的偶像崇拜。”

“就这一次。下星期，我跟你一起去你的教堂。”

最后，他终于起身洗了脸，换了一身干净些的运动衫。他们沉默地走向汽车。她从来没对他说起他第一天来祷告时她的颤抖，但她现在非常想有一个明确的表示，向他表明他不是孤身一人，她理解这种对未来的不确定是什么感觉，对于明天将要发生的事情无法掌控——还因为她事实上不知道还能说些什么——于是她就对他说了那次的颤抖。

“非常奇怪，”她说，“也许那是因为我对乌丹纳过于焦虑的精神压力所致。”

“这是来自上帝的异象。”奇奈杜坚定地说。

“我的颤抖跟上帝的异象有什么关系？”

“你别以为上帝是一个人。上帝是上帝。”

“你的信仰，几乎就像是在跟谁作战。”她看着他，“为什么上帝不能用一种不那么含糊的方式彰显自己，并且把事情一劳永逸地弄明白呢？上帝这样打哑谜到底是什么意思呢？”

“因为这就是上帝的本质。如果你明白上帝的本质不同于人的本质，那就能想得通了。”奇奈杜说着打开车门下了车。他这信仰是多么奢侈啊。乌卡玛卡想，如此不加评判，如此强烈，如此急躁。但这其中有着某种极为脆弱的东西，好像奇奈杜的信仰只是为了走极端，似乎一个妥协、一个中间立场，就会有失去一切的风险。

“我明白你的意思了。”她说，虽然她并不完全明白，虽然这答案，就像他的答案一样，数年前曾让她决定不再去教堂，直到那个星期天，在纳索街的那家冰淇淋店里，乌丹纳用了“固化了”那个词以后，她又重回教堂。

在教堂的灰色石头建筑外面，派屈里克神父恭迎前来教堂的人们，将近中午的阳光，照耀着他满头闪亮的银发。

“我带了一个新人到天主教的地堡里来了，派神父。”乌卡玛卡说。

“地堡里总是有地方的。”派屈里克神父说着热情地跟奇奈杜握手，对他说欢迎。

教堂里光线昏暗，充满了回声和神秘气息，还有蜡烛淡淡的香气。他们并肩坐在中间，旁边一个女人抱着小孩。

“你喜欢他吗？”乌卡玛卡悄声问。

“那个神父？他看上去不错。”

“我是说你喜欢像他那样吗？”

“噢，耶和华上帝！当然不是。”

她已经能让他笑了。“你不会被驱逐出境的，奇奈杜。我们会想出办法的。我们会的。”她紧握了一下他的手，知道他会被她着重表达的“我们”两字逗得开心起来。

他的身子靠拢过来。“你知道，我也曾经极度迷恋过托马斯·桑卡拉。”

“不会吧！”她从胸腔里喷出一阵笑声。

"我甚至都不知道西非还有个国家叫做布基纳法索，是中学老师告诉我们他的事情，还给我们看了他的照片。我从来不会忘记自己看到报纸上那张照片时对他产生的疯狂的爱。"

"别跟我说阿比德米跟他很像。"

"他当然不像。"

一开始他们还抑制着自己的笑声，接着都忍不住哈哈大笑起来，两人开心地靠在了一起，旁边那个抱孩子的女人看着他们。

唱诗班开始唱赞美诗了。就像其他的星期天一样，神父在弥撒开始时，用圣水为会众祝福，派屈里克神父来回走动着，把盐粒似的东西和着圣水一起抖向众人。乌卡玛卡望着他，心想美国的天主教弥撒真是太死板了，在尼日利亚，神父会用颤动的绿色芒果枝蘸着水洒向众人，一个大汗淋漓的弥撒侍者气喘吁吁地捧着水桶站在一边，神父迈开大步来回走动，俯仰之间，水花飞溅，打着旋儿，圣水像雨水似的浇灌下来，大家身上都会湿透，笑着画着十字，他们会觉得自己得到了祝福。

婚　　事

我的新婚丈夫从出租车里提出箱子，在前面带路，沿着甬道朝那幢褐砂石建筑走去，走过一段鹅卵石台阶，走进空气混浊的门厅（门厅里的地毯都卷了边），在房号为2B的那扇门前停下了。门上微黄色的金属房号牌钉得不太平整。

“我们到了。”他说。他对我说起我们的家，是用“房子”这个词。我曾设想那儿有一条平整的车道蜿蜒而入，两边是黄瓜色的草坪，进门是门厅，墙上挂着庄重的油画。就像尼日利亚电视里周末晚上播放的美国新婚家庭居住的那种房子。

他拧亮起居室的灯，起居室中间的长沙发摆得有些歪斜，好像是随意扔在那个地方似的。屋子里很热，空气里有一股浓重的霉臭味。

“我带你四处看看。”他说。

小卧室的角落里放着一张光秃秃的垫子。大卧室里有一张床、一个梳妆台，电话机搁在铺了地毯的地板上。两间卧室都显得逼仄，好像四面墙壁彼此都感到别扭，真有些狭路相逢的意思。

“现在你来了，我们就可以多添置些家具了。我一个人的时候不需要太多家具。”他说。

“好的。”我说。我觉得有些头晕。从拉各斯到纽约，十个小时的飞行，再加上在美国海关开箱查验前没完没了的等候，搞得我脑袋晕晕乎乎的，像是塞满了棉花。那个海关人员翻检着我那些食品，像是见了蜘蛛似的，她戴着手套的指头捏着装在防水袋里的葫芦籽、苦树叶和非洲胡椒籽，最后她把那包非洲胡椒籽拽了出去。她怕我会在美国的土地上栽种这玩意儿。这些种子虽经太阳暴晒了几个星期就像自行车头盔那般坚硬，可仍能生根发芽。

“我累了。”我说着把手提包撂在卧室地上。

“是啊，我也累了。”他说，“我们应该上床休息了。”

床单很柔软，我的身子紧紧蜷成一团，就像伊柯叔叔听说我没有如其所望尽到妻子本分而恼怒地攥紧的拳头。当我听到新婚丈夫有规律的鼾声响起时，身体放松了片刻。他的胸膛里发出深沉的隆隆声，接着响起一声高音，就像一声淫荡的口哨。他们在安排你的婚姻时根本没有警告过这类事情，没有提到这恼人的鼾声，也没有提到这些无法放置家具的房间。

我的新婚丈夫把他沉重的身子压到了我身上，这时我被弄醒了。他的胸部几乎碾平了我的胸脯。

“早上好。”我说着睁开睡意蒙眬的眼睛。他咕噜着，那声音也许是对我问候早安的回答，也许是他行事的习惯招数。他抬起身，使劲拽我卷到腰上的睡袍。

“等等——”我说，自己把睡袍脱了下来，这样或许就显得不那么匆忙。但他把嘴唇贴到了我的嘴上。他们安排我的婚姻时还忘了提起一件事——隔夜的嘴巴冷冰冰潮腻腻的，就像嚼过头的口香糖，那气味闻上去有如奥吉贝特市场的垃圾桶。他身子一动起来，呼吸就变得急促了，好像他的鼻孔太小不够空气流通似的。他最后完事时，整个身体的重量都压在了我身上，甚至包括那两条腿。我一动不动，直到他翻身下床，走进浴室。我套上了睡袍，那长度刚好盖过屁股。

“早上好，宝贝儿。”他回到房间时说。他把电话机递给我。“我们得给你的叔叔婶婶打个电话，告诉他们我们平安到达了。只能说几分钟，电话打到尼日利亚差不多是一分钟一美元。拨 011，再拨 234，然后拨他们家的号码。”

“这就行了？”

“是啊，先拨国际代号，再拨尼日利亚的号码。”

“噢。”我说着拨了十四位号码。我的两腿之间又粘又痒。

电话线里传出静电噼啪作响的声音，那声音穿越大西洋而去。我知道伊柯叔叔和阿巴婶婶会用温和的声音和我说话，他们会问我吃了什么，美国天气如何。可我的任何回答都不会让他们记在心里，他们问你什么只不过是问问你。伊柯叔叔也许会对着电话微笑，当他告诉我给我找到一个完美的丈夫时，当“超级鹰”①在亚特兰大奥运会上赢得足球比赛金牌时，他脸上也浮现出那样的微笑。

“美国的医生呢，”他笑容满面地这样说，“还能找到比这更好的吗？奥福迪尔的母亲正在为他物色妻子，她很担心他会找个美国人。他已经离家十一年了。我把你的照片给了他母亲，却一时没有得到回音，我还以为他们找了别的人家了。可是……”伊柯叔叔把自己的嗓音一点点压下去，让脸上的笑容一点点绽放开来。

“好的，叔叔。”

“他会在六月初回家，”阿巴婶婶说，“你们结婚前会有许多时间去了解对方。”

“是的，婶婶。”许多时间是两个星期。

“我们还有什么没为你做到呢？我们把你当自己的孩子一样抚养成人，现在，我们又为你找了个好丈夫！一个美国的医生！这好比我为你中了一个大奖！”阿巴婶婶说。她的下颏上有几根稀疏的毛发，她说话时就扯着其中的一根。

---

① 超级鹰，这里指尼日利亚足球国奥队，他们在一九九六年获得亚特兰大奥运会冠军。

我为所有的事情感谢他们——为我找到一个丈夫，把我带进他们家里，每两年为我买一双新鞋。这是我唯一能够避免被说成是“不知好歹，忘恩负义”的办法。我不能提醒他们的是，我为了上大学不得不一次又一次参加联合招生委员会的考试，在我读中学期间，我在阿巴婶婶的面包店里卖出的面包，比恩努古所有其他的面包店都要多，而家里的家具和地板擦得锃亮，也完全是因为我。

“打通了吗？”我的新婚丈夫问。

“占线。”我说。我把目光挪开去，以免他看见我脸上释然的表情。

“是忙音。美国人都叫忙音，不是占线，”他说，“过会儿再打。我们吃早饭吧。”

他从一个浅黄色袋子里拿出薄煎饼来解冻。我留神看他在白色的微波炉上揿了哪个按钮，用心记下这一切。

“烧一些开水泡茶。”他说。

“需要加奶粉吗？”我问，一边把茶壶拿到水槽上。水槽两边积着棕褐色的污垢，好像剥落的棕色油漆。

“美国人喝茶不加奶和糖。”

“是这样吗？那你喝茶也不加奶和糖？”

“不加，我早已经习惯这一套了，你也会习惯的，宝贝儿。”

我在自己那块软塌塌的薄煎饼前边坐下——比家里的那种有嚼

头的饼薄多了——寡淡无味的茶也让人难以下咽。门铃响了，他站起来。他走路时两只手会甩到后背上，我之前没注意到过，我根本没时间去注意这些。

“我昨天晚上听到你们回来了。”门口说话的声音是个美国人，语速很快，彼此聊上了。叽里咕噜,叽里咕噜，伊菲姨妈会这样说，快，就是快。“等你回家探亲时，你说话就会叽里咕噜得像个美国人了。”她这么说。

“嗨，谢莉。谢谢你帮我保管邮件。”他说。

“没事儿。你的婚礼怎样？你太太在吗？”

“在，进来打个招呼吧。”

一个铁灰色头发的女人走进了起居室。她身上穿着粉红色长袍，腰间的束带打了一个结。从她脸上的皱纹来看，年龄大概在六十到八十岁之间，可我见过的白人不多，所以猜不准人家的岁数。

“我叫谢莉，住在 3A 室。很高兴见到你。”她说着和我握了握手。她鼻子里发出像是伤风感冒的声音。

“欢迎你来。”我说。

谢莉停顿了一下，好像有点诧异。“噢，我得让你们继续用早餐，”她说，“等你们安顿好以后，我再下来看你们。”

谢莉很快就出去了。我的新婚丈夫去关上门。餐桌的一条腿有点短，桌子搁不平，像跷跷板，他靠在桌上说：“你应该说‘嗨’，而不是‘欢迎你来。’”

“她好像不是我同辈的人。”

“这儿不讲究这个。所有的人打招呼都是‘嗨’。”

“知道了。”

“顺便说一声，我在这里不叫奥福迪尔。我叫戴夫。”他说，一边低下目光看着谢莉交给他的一叠信。好几封信的信封地址栏上都写了几行字，好像寄信人封好信后才想起要加几句什么话。

“戴夫？”我知道他没有英语名字。我们的婚礼请柬上标明的是：奥福迪尔·埃美卡·乌丹瓦和奇娜查·阿加莎·奥卡福。

“我在这儿的姓氏也和尼日利亚的不一样。美国人要记住乌丹瓦很难，所以我改了。”

“叫什么？”几个星期前，我还在努力适应乌丹瓦这个姓氏。

“叫贝尔。”

“贝尔！”我曾听说叫华图卢查的到美国后改成了华图卢，叫奇克卢果的改成了对美国人来说更具亲和力的奇克尔，可是怎么把乌丹瓦改成了贝尔？“这个姓氏跟乌丹瓦根本就沾不上边啊。”我说。

他站起来。“你不理解在这个国家里是怎么做事的。如果你想尽可能跻身主流社会，你就得这么做。如果你不想，你就会被边缘化。你在这里必须用一个英文名字。”

“我从来没有用过英文名字，我的英文名字只是写在出生证明上的几个单词。我有生以来只叫奇娜查·奥卡福。”

“你会慢慢习惯的，宝贝儿，”他说着伸手抚摸着我的脸颊，“你会明白的。”

第二天，他为我填写了社会保险申请表，在姓名一栏里，他填上了**阿加莎·贝尔**。

我们这个社区叫弗莱布斯，这是我新婚丈夫带着我汗渍渍地走在闷热嘈杂的街上时告诉我的，那条街上的气息闻着有一股冻鱼味儿，像是在冰箱里搁得太久的冻鱼。他要教会我如何采购日用品，如何乘坐公交车。

“朝着四周看，不要总是低垂着眼睛。朝四周看。你很快就会习惯这样。”他说。

我让脑袋左一下右一下地转动着，以向他表明我是遵照他的指示在做了。餐馆阴暗的窗子上用印刷体歪歪扭扭地写着**地中海与美国绝佳美味**，街对面有一家洗车店，“三块五洗一次”的广告用粉笔写在靠在一堆可乐罐和纸屑的黑板上。人行道边上到处是豁口，活像被老鼠啃过似的。

在装有空调的公交车里，他告诉我往哪儿投币，怎样按车壁上的按钮表明自己到站了。

“这里不像尼日利亚，你可以冲着售票员大喊大叫。”他用嘲讽的口吻说，好像他生来就是优越的美国人。

在“关键食品”超市里，我们从一条通道慢慢走到另一条通道。我留意着他把一块包装牛排放进购物车。我真想摸一下那块肉，看看肉的颜色，就像我以前常在奥格贝特市场做的那样，在那儿，屠夫甩给你一块新宰切的肉，嗡嗡叫的苍蝇便围了上来。

“我们能不能买这种饼干？”我问。那种蓝色包装的伯顿多料茶饼干看上去有些眼熟，我不是想吃饼干，只是想往购物车里搁进一些熟悉的东西。

“这叫寇克饼，美国人把饼干叫做寇克饼。”他说。

我伸手拿了那包饼干(寇克饼)。

“这是商店自营品牌，比较便宜，东西其实是一样的。”他指着另一种白色包装饼干说。

“好吧。”我说。我不想要饼干了，但我还是把商店自营品牌饼干放进了购物车，一边盯着架上蓝色包装的饼干看，那上面是绘有谷物图案的熟悉的伯顿商标，一直看到我们离开这条通道。

“等我当上了主治医生，我们就可以不必买商店自营品牌的东西了，但是现在，我们还得节俭点，这些七七八八的东西看上去便宜，但加起来花费也不少。”他说。

“你什么时候可以升坐诊医生？”

“这里叫主治医生，是内科主治大夫。”

婚姻的安排人只告诉你医生在美国是挣大钱的行当。他们没有进一步说明，在当上挣大钱的正式医生之前，他们还得经历实习医生和住院医生阶段，而你的新婚丈夫还没有完成这个过程。我的新婚丈夫曾在飞机上向我解释过这事儿，当时我们刚从拉各斯起飞，他趁着还没有睡过去时对我说了这番话。

“实习医生年薪是二万八千美元，但一周要工作八十小时，就是一小时三美元，”他说，“你能相信吗？一小时三美元。”

我不知道一小时三美元的工资是高还是低了——我倾向于认为这收入相当不错——直到他告诉我说，一个高中生的兼职打工都比这挣得多，我才明白这是怎么回事。

“等我当上主治医生后，我们就不必再住这种地方了。”我的新婚丈夫说。他停下来把购物车退后一步，让一个购物车上有孩子的女人过去。“你看见那些购物车过不去的路障了吗？高档社区的超市里是没有这玩意儿的。你能把购物车一直推到自己的汽车旁边。”

“噢。”我应道。不过，能不能把购物车推到自己车旁有那么重要吗？重要的是，这些是好用的购物车。

“瞧，店里的那些人，他们都是从国外来的，他们在这儿的行为举止，还跟以前在自己国内一样。”他朝那个带着两个孩子的女人作了个无可奈何的手势，那女人说的是西班牙语。“除非你在美国改变自己，否则永远都不会有前途。他们命中注定只能在超市打工。”

我含含糊糊地咕哝一声，表示我在听他说话。我想起恩努古的露天市场，你走进那种镀锌铁皮的小棚子，摊贩们嘴巴都甜极了，他们一天到晚都在跟人讨价还价，多加一分钱都是好的。如果有塑料袋，他们把你购买的东西用塑料袋包好，如果没有塑料袋了，他们会笑着给你裹上一张旧报纸。

我的新婚丈夫带我去购物中心，他要趁星期一上班之前尽可能多教我一些事情。他的汽车行驶中会发出咔啦咔啦的声音，好像里面许多部件都松动了——那动静很像在摇晃一个装满铁钉的罐子。车子在红绿灯前停下后，他把车钥匙转了好几次才算把车子重新发动起来。

“等当上了主治医生，我得买一辆新车。”他说。

购物中心的步行街上，闪闪发亮的地面光滑得像冰块，天穹上微微泛动着缥缈的灯光。我感到好像走进了另一个世界、另一个星球。人们推搡着我们，连黑人都这样，他们的脸上都带着一种古怪的、有如外星人的表情。

“我们得先买披萨，”他说，“这是你到美国以后必须要喜欢的一样东西。”

我们朝披萨店走去，走向一个戴着鼻环和白色高帽子的男人。

“两份意式香肠和两份腊肠的。你们这儿有组合套餐优惠吗？”

我的新婚丈夫问。他跟美国人说话时，发音不一样了：“r”总是过度发音，而“t”总是发音不足。而且，他总是笑容满面，那是想要讨人喜欢的热切的笑容。

我们走进一处他称作“食廊”的地儿，坐在小圆桌旁享用披萨。一大群人围坐在圆桌旁，都把脑袋埋在盛有食物的油渍渍的纸盒里。在这样的地方吃东西，伊柯叔叔会觉得很可怕，他是一个有身份的人，他甚至都不在婚礼上吃东西，除非给他提供一个隐秘之处让他独自用餐。大庭广众之下吃东西是很丢脸的事儿，是有失尊严的，而这个露天场所到处是桌子，到处是食物。

“你喜欢披萨吗？”我的新婚丈夫问。他的纸盒里已经空了。

“西红柿没煮熟啊。”

“我们国内人家煮东西都煮过头了，这样就会失去所有的营养。美国人煮东西的方法是对的。瞧他们一个个看上去多健康！”

我点点头，朝四周看看。旁边一张桌上，一个带孩子的黑人妇女朝我咧开大嘴露出笑脸。我也朝她微笑一下，又回头对付剩下的披萨，我得把胃里的东西压下去，以免呕出来。

接下来我们去了梅西百货。我的新婚丈夫领路走向一道慢慢挪动的阶梯，那玩意儿稳稳当当地移动着，可我知道自己一踏上去没准会跌跤。

“Biko，他们难道就不会装个升降机吗？”我问。在国内时，在当地的政府办公楼里，至少我还坐过一回嘎吱作响的升降机，虽说那玩意儿门打开之前还晃晃悠悠的。

“说英语。你后面有人呢，”他悄声说着，把我拽向旁边珠宝闪耀的玻璃柜台，“这叫电梯，不是升降机。美国人叫电梯。”

“噢。”

他领着我走进电梯，我们来到一个看上去满满当当的大卖场，里边尽是一排排衣服，他给我买了一件外套，那颜色就像眼下的天色一样阴沉，看着很蓬松，就像塞了许多泡沫材料。这衣服如此宽大，差不多能裹住两个我。

“冬天快到了，”他说，“这里气候冷得像是在冰箱里一样，所以你需要一件保暖的衣服。”

“谢谢你。”

“打折甩卖时买东西最划算。有时赶上大甩卖，你买到的东西要比平时便宜一半。这也是美国奇观之一。”

“Ezi okwu？”我说完马上用英语跟上，“真的吗？”

“我们在购物中心里逛一圈吧。还有其他一些美国好东西可看。”

我们走着，浏览那些卖衣服、卖工具、卖碟、卖书和卖电话机的店铺，一直走得我脚底作痛。

我们离开前，他带我去了麦当劳，这家店位于购物中心后面不远的地方，黄红两色的“M”招牌奇大无比，就像停在进口处的一辆汽车。我丈夫不用看悬在上方的菜单就点了两份二号套餐。

“我们可以回家吃，我来做饭。”我说。阿巴婶婶曾对我说过：“别让你丈夫经常在外面吃饭，那会把他推到会做菜的女人怀里。你得看紧丈夫，就像看紧珍珠鸡的蛋。”

“我喜欢过段时间出来尝尝这个。”他说。他用两只手抓起汉堡专注地大嚼起来，那副皱着眉头、绷紧下巴的样子，让我觉得更陌生了。

因为上回是在外面用餐，所以星期一我做了椰子米饭。我还想做一碗胡椒汤，阿巴婶婶说过这是能够柔化男人心的食物。可我要做汤的佐料被海关没收了，只能做成没有胡椒的胡椒汤。我在街上牙买加人开的店里买了椰子，由于没有粗齿木锉，只好用一个小时把它切成碎末，然后把切成碎末的椰子用热水浸出汁液。我刚做完饭，他就回家了。他穿着一件像是制服的蓝上衣，看上去像女孩子的款式，他把上衣系进腰部紧束的蓝裤子里。

“Nno，”我说，“你工作顺利吗？”

“你在家里也得说英语，宝贝儿。这样你才能习惯说英语。”他的嘴唇在我脸颊上刷了一下，这时门铃响了。是谢莉，身上裹着那件上次见过的粉红袍子。她甩动着腰间的束带。

“气味好大，”她用像是带着浓痰的嗓音说，“到处都是这味儿，整个楼里都是。你在煮什么？”

“椰子饭。”我说。

“是你们家乡的饭菜？”

“是啊。”

“闻上去真不错。问题是我们这里没有这套习惯，完全没有这套习惯。”她转向我的新婚丈夫，好像希望他认同自己的意见，可他只是笑笑。“你来看一下我的空调好吗，戴夫？”她说，“又出毛病了，可今儿实在太热了。”

“好的。”我的新婚丈夫说。

他们离开前，谢莉朝我摆摆手说：“这味儿很不错。”弄得我真想邀请她来尝尝自己的厨艺。我的新婚丈夫半小时后回来了，吃了我摆在他面前的香喷喷的米饭，甚至还咂巴着嘴唇，就像伊柯叔叔有时对阿巴婶婶为取悦他而做的好饭菜表示满意那样。可是第二天，他回家时带回来一本《贤内助：全美烹饪大全》，厚得就像一本《圣经》。

“我不想让人家觉得我们家里总是一股外国饭菜味儿。”他说。

我接过烹饪书，手指抚摸着封面，那上面的图片看上去像花朵，其实大概也是食物。

“我知道你很快就能学会做美国饭菜。”他说，轻轻把我拉近他身边。这天晚上，我想着烹饪书的时候，他压在我的身上，咕噜着，喘息着。他们在给我安排婚姻时也没跟我说过这档子事——怎样在油里将牛肉煎成深褐色，怎样用面粉沾裹去皮的鸡块。我以前做牛肉都用牛肉本身的汤汁。我以前做鸡肉不会采用去皮的方式。接下来的几天里，我很高兴我丈夫早晨六点就去上班，晚上八点才回家，这样我就有时间把那些面粉没裹好的湿腻腻的鸡块扔掉，重新再做。

我第一次见到住在2D的尼娅时，还以为她像我阿巴婶婶不喜欢的那种女人。阿巴婶婶大概会觉得尼娅是个“Ashawo”，一个妓女，因为她的上衣是透明的，能让人看见她那不得体的胸罩。阿巴婶婶也许还会以尼娅的口红来判定她的妓女身份，那是一种闪闪发光的橘色，还有她的眼影——跟口红是一个颜色——涂抹在她厚厚的眼皮上。

“嗨，”我下楼去邮箱取邮件时，她跟我打了个招呼，“你是戴夫的新婚太太。我一直想过来跟你认识一下。我叫尼娅。”

“谢谢。我叫奇娜扎……阿加莎。”

尼娅仔细地看着我。“你前边的名字是什么意思？”

“那是我在尼日利亚的名字。”

“是伊博人的名字，是吗？”她的发音中“伊博”念成了“艾波”。

"是的。"

"是什么意思？"

"上帝回应祈祷。"

"很好的名字。你知道，尼娅是斯瓦希里语的名字。是我十八岁时改的。我在坦桑尼亚待了三年。那地方真是他妈的太好玩了。"

"噢。"我说着摇摇头，她，一个美国黑人，选择了一个非洲名字，而我的丈夫却让我改成英语名字。

"老在屋子里待着你会闷坏的，我知道戴夫下班回家很晚，"她说，"来和我一起喝杯可乐吧。"

我还犹豫着，但尼娅已经朝楼梯走去了。我跟在她后面。她的起居室简洁而雅致：一个红色的沙发，一株纤细的长着斑点的植物，墙上挂着一个很大的木制面具。她把倒在长玻璃杯里的加冰健怡可乐递给我，问我在美国适应得怎么样，主动提出要陪我去布鲁克林玩。

"不过得在星期一吧，"她说，"星期一我不上班。"

"你是做什么的？"

"我开了一家美发店。"

"你的头发很漂亮。"我说，她摸了摸头发说："噢，是吗？"好像她从来没想过这回事。其实并不是她的头发漂亮，而是她头上那种蓬松的埃弗罗发式[1]让我觉得很美，我还觉得她那有如花生荚似的肤色、那神秘而厚重的眼影、那曲线分明的臀部，也都很漂亮。她的音乐播放器的声音太响了，我们说话时不得不抬高嗓门。

“你知道吗，我姐姐是梅西百货的一个经理，”她说，“他们正在招聘整个楼层的女性用品部的营销人员，如果你有兴趣，我可以推荐一下，你肯定会被雇用的。她还欠我一个人情。”

我的意识中有什么东西突然蹿动了一下，这是一个突如其来的新想法，就是挣我自己的钱。我自己的。

“我现在还没有拿到工作许可。”我说。

“戴夫为你申请了吗？”

“申请了。”

“那很快就会搞定的，起码在冬天之前你就能拿到工作许可了。我有个从海地来的朋友也是刚刚拿到。等你这边的事儿弄好了，就跟我说一声。”

“谢谢你，”我真想抱一下尼娅，“谢谢你。”

那天晚上，我把尼娅说的事儿告诉了我的新婚丈夫。他由于工作时间太长，累得眼睛都凹陷了，他问：“尼娅？”好像不知道我说的是谁，不过他马上说：“她还行，可你得小心，因为她没准会给你

---

① 埃弗罗发式（Afro），一种呈圆形的蓬松鬈发，来自非洲黑人的自然法式。

带来坏影响。”

现在，尼娅下班后就来我这里转转，喝着她自己买的健怡可乐，看着我做饭做菜。因为她想抽烟，我把空调关掉打开窗子，热气一下子扑了进来。她聊起她美发沙龙里的女人和男人。她每天的聊天中都时不时会带出一些“阴蒂”这类名词，或是“操”这样的动词。我喜欢听她说话。我喜欢看她微笑时拉开完美的嘴角，露出整整齐齐的牙齿。她总是在我丈夫到家前离开。

冬天朝我悄然袭来。一天早上，我走出公寓楼时不禁喘不过气来，好像上帝把撕碎了的白色纸片洒向了人间。我站在那儿凝视着生平第一次见到的雪，看着雪花飞旋，看了很长很长时间才回房间。我把厨房地板又擦了一遍，还剪了一些从信箱里拿来的“关键食品”超市的优惠券，然后就坐在窗前，望着上帝洒落的纸片越来越多，越来越疯狂。冬天来了，而我仍然没得到工作。晚上我丈夫回家时，我把炸薯条和炸鸡块搁到他面前，说：“我还以为我现在已经有工作许可了。”

他吃了几条油炸土豆条才回答我。我们现在只用英语说话，他不知道我在做饭时，自言自语说的还是伊博语，我还教了尼娅用伊博语说“我饿了”、“明天见”。

“我以前娶的那个美国女人还在借着绿卡的事情给我找麻烦。”

他说着慢条斯理地将鸡块撕成两半。他的眼睛下方有了眼袋。“我在尼日利亚娶你的时候，我们的离婚手续还没有完全办妥。只是一些小事情，可她揪住不放，现在她威胁我要到移民局去告我。她想要更多的钱。”

“你以前结过婚？”我的手指绞到了一起，因为它们开始颤抖起来。

“你可以把那个递给我吗？”他指着我先前做好的柠檬汁问。

“那个水壶？”

“水罐。美国人叫水罐，不叫水壶。”

我把水壶（水罐）推过去。我脑瓜里的液体砰砰地晃动着，耳朵里满是这种声音。“你以前结过婚？”

“只是一张纸嘛。这里许多人都是这样的。这是一门生意。你付钱给一个女人，你们两个就是纸面上的夫妻了，但有时也会出错儿，或者是她不肯离婚了，或者是她想勒索你。”

我把一叠打折优惠券拉过来，然后对折撕开，一张接一张地撕着。“奥福德尔，你该早些把这事儿告诉我的。”

他耸耸肩。“我当时是打算要告诉你的。”

“我们结婚前我有权知道这件事。”我慢慢地倒在他对面的椅子上，好像我不这样椅子就会裂开似的。

“这有什么区别吗？你叔叔和婶婶决定的事儿。难道你想对你父母去世后就一直在照顾你的人说不？”

我默默地看着他，手里的优惠券越撕越碎，印有洗涤剂、餐盒和纸巾图片的碎屑掉落在地板上。

“再说，回老家时，什么事情都是乱哄哄的，你还能怎么样？”他问，“街上有硕士学位的人还不都在游荡，没有工作？”他的声音平板单调。

“你为什么要和我结婚？”我问。

“我想要一个尼日利亚妻子，我母亲说你是个好女孩，很文静的。她说你甚至可能是个处女呢。”他微笑着。他微笑的时候显得更疲倦了。“我也许得告诉她，她其实弄错了。”

我把更多的优惠券扔到了地板上，我的两手紧握在一起，指甲抠进了皮肤里。

“我看到你的照片时非常高兴，”他说着咂巴一下嘴唇，“你的肤色很浅。我一直希望我的孩子会有浅一些的肤色。浅肤色黑人在美国很吃香。”

我看着他继续吃脆皮鸡，我注意到他没等嘴里嚼完就去喝水了。

那天晚上，趁他淋浴的时候，我把那些不是他给我买的衣服（只有两件绣花长袍和一件系带长袖衣服，都是阿巴婶婶淘汰不要的）塞进我在尼日利亚买的塑料箱子，走到尼娅那儿去了。

尼娅给我沏了茶，里面加了牛奶和糖，跟我一起坐在那张配有三个凳子的圆形餐桌旁。

“我家里没人可以商量这事儿。”我说，一边凝视着墙上那个木制面具的梨形脸庞。面具上空洞的眼睛也对着我。

“你婶婶怎么样？”尼娅问。

我摇摇头。你离开了你的丈夫？阿巴婶婶会惊怪地说。你疯了吗？你怎么能把珍珠鸡蛋给丢了呢？你知道有多少女人宁愿丢了两只眼睛也想嫁一个美国医生吗？还有什么样的丈夫能比得上这个？而伊柯叔叔会责骂我忘恩负义，骂我愚蠢，他的拳头和脸都绷得紧紧的，然后就摔电话。

“他本该把结过婚的事情告诉你，可是，奇娜扎，那毕竟不是真正的婚姻，”尼娅说，“我看到有本书上说，我们不能坠入情海，我们得驾驭爱欲。也许，如果你给他点时间——”

“这不是一回事。”

“我知道，”尼娅叹了口气，“在这儿你他妈的应该乐观些。你在家里时谈过恋爱吗？”

“有过一次，可他太年轻，再说也没钱。”

“他妈的太糟了。”

我晃着杯里并不需要晃动的茶水。“我不知道我丈夫为什么非要在尼日利亚找老婆。”

“你从来没叫过他的名字，你从来不叫他戴夫。是由于习俗上的原因？”

“不是。”我低头看着桌上防水纤维做的茶杯垫。我想说这是因为我不知道他的名字，因为我不认识他。

“你见过他以前结婚的那个女人吗？你认识他的女朋友吗？”我问。

尼娅的目光转了开去。这种转过脑袋的戏剧性动作已经表明了某种意思，想要说出来的意思，有许多意思。一阵沉默笼罩在我们两人之间。

“尼娅？”我出声发问。

“我和他干过，差不多是两年前，他刚搬来时，我和他干过，不过一个星期后就结束了。我们从来没有约会过。我也从来没见过他跟别人约会。”

“噢。”我说着，啜了一口加奶和糖的茶水。

“我必须对你坦诚相待，把一切都和盘托出。”

“这就好。”我说着站起来，向窗外望去。窗外的世界似乎已僵化成一片死寂的白色。人行道上的积雪足有一个六岁孩子那么高了。

“你可以等到自己拿到绿卡后再离开，”尼娅说，“趁他妈的还跟他厮混在一起的时候，你可以申请保险金，以后可以自己找份工作，另找个住处，自己养活自己，一切从头来过。看在上帝的分上，这就是操他妈的美国。”

尼娅走过来和我一起站在窗前。她说得没错，我还不能离开。第二天晚上，我穿过走廊回到他那儿。我按了门铃，他开了门，站在一边，让我进去。

过不了明天

那是你在尼日利亚度过的最后一个夏天，你父母离婚之前的那个夏天，你母亲发誓说你永远不能再踏入尼日利亚去看望你父亲家的人，尤其是不能去看你奶奶。甚至到现在，时隔十八年之后，你还清楚地记得那年夏天的高温——你奶奶的院子里潮湿而燠热，院子里种了许多树，弄得电话线都缠结在枝叶之间，各种树木的枝叶都穿插到一起，有时芒果树枝桠会蹿到腰果树那儿，而番石榴的枝叶伸到了芒果树上。地上沉积的腐烂树叶像厚厚的垫子，光脚踩上去湿滑、松软。每当下午，黄肚皮的蜂子就在你脑袋上打转，还在你哥哥诺恩索和表哥多齐耶头顶上盘旋，到了晚上，奶奶只让你哥哥诺恩索爬到树上去摇晃长满果实的树枝(虽说论爬树本领你比他更好)。果实像下雨一样落下来，鳄梨、腰果和番石榴，你和表弟多齐耶就会捡来装在旧筐里。

奶奶就是在夏天教诺恩索摘椰子的。椰子树很难爬，整棵树没有落脚的地方，长得又高，奶奶给了诺恩索一根长杆子，告诉他怎样用杆子轻轻把一个个椰果顶下来。她不肯让你去露一手，因为她说摘椰子从来不是女孩干的活儿。奶奶拿石块小心翼翼地砸开椰果，要把牛奶似的汁水留在下面半个椰壳里，那半个椰壳就像一个边口呈锯齿状的杯子。每人都喝了一口凉爽的椰奶，连街上那些小孩(他们来这里玩)都喝到了，奶奶亲自主持这个喝椰奶的仪式是为了保证诺恩索第一个喝到。

就在那个夏天里，你问奶奶，为什么要让诺恩索第一个喝，而不是多齐亚，他比诺恩索还大一岁呢，奶奶说诺恩索是她儿子唯一的男孩，是继承恩纳比西这个姓氏的人，而多齐亚只是外姓人，是她女儿的儿子。就在那个夏天，你在草坪上发现一条蛇蜕下的皮，完整而没有断裂之处，就像一双透明丝袜，奶奶告诉你这条蛇名叫echi eteka——“过不了明天”。她说，若是被它咬一口，十分钟之内就会死掉。

你并不是在那个夏天爱上表哥多齐亚的，因为那件事情发生在两三年前，当时他十岁，而你七岁，你们两个在奶奶的车库里，在那个小小的空间里扭作一团，他试图把你俩称作“香蕉”的玩意儿塞进你俩称作“西红柿”的器官，可你俩都搞不清哪个孔是正确的。而就在那个夏天，你长了虱子，你和你表哥一起拨开你浓密的头发寻找那些黑色的小虫子，用指甲捏死它们，然后对着虱子们噼噼啪啪沾血的身子大笑，那个夏天，你讨厌你哥哥诺恩索长得那么高大，你对他只是从鼻孔里发出冷笑，而你对表哥多齐亚的爱却像汽球那样膨胀起来，裹住了你的整个身心。

那年夏天，在一声响雷过后，你看见一棵芒果树被劈成了几乎完美的两半，那道闪电划过了整个天空。

就在那年夏天，诺恩索死了。

奶奶不把夏天叫做夏天。尼日利亚没人这么说。夏天都称作八月，介于雨季和干燥的热风季之间。通常整日下着倾盆大雨，游廊上挂着银色的雨幕，你和诺恩索、多齐亚在那儿拍打着蚊子吃着烤玉米。这个季节也可能会有炫目的阳光直晒下来，这时你往往在奶奶挖了一半的蓄水池里凫水，把它当作可以玩耍的池塘。诺恩索去世的那天不冷也不热，早上太阳还非常耀眼，下午的太阳就不那么猛烈了，诺恩索是晚上死的。奶奶对着他厉声号啕——对着他瘫软的身体——说 I laputago m，意思是他背叛了她，问他现在还有谁能把恩纳比西这个姓氏传承下去，谁来维系家族的血统呢。

邻居们听到她的哭声都过来了。有个住在街对面的女人——她的狗经常在早上搜寻奶奶的垃圾桶——她机灵地从你木讷的口中套出了你母亲在美国的电话号码，给她打了电话。另一个邻居掰开你和多齐亚攥在一起的手，让你坐下，给你喝水。这个邻居还把你紧紧搂在怀里，不让你听见奶奶在电话里和母亲说的话，但你从那个女人怀里挣脱出来，跑到电话机旁。奶奶和母亲关注的要点是诺恩索的遗体而不是他的死亡。你母亲坚持要把诺恩索的遗体马上空运到美国，而奶奶重复了你母亲的话之后，摇着头，她的眼神有些疯狂的迹象。

你知道奶奶从来都不喜欢你母亲。（曾经也在夏天，你听奶奶对她的朋友说起过——那美国黑女人勾上了我的儿子，把他塞进自己的口袋里。）但看着奶奶在打电话的样子，你明白她和你母亲是一回事。你肯定你母亲的眼神里也有疯狂的迹象。

当你和母亲说话时，她的声音在电话线路里不断发出回声，你和诺恩索住在奶奶这儿的这些年里，从未有过这种情况。你们都好吗？她总是这样问候你们。你都好吗？她的声音里透着惧意，除了诺恩索的死亡，她似乎还怀疑你是不是真的没事。你摆弄着电话线几乎没说什么。她说她会托人带信给你父亲，这会儿他正在哪儿的森林里参加一个黑人艺术节，那儿没有电话也没有无线电通讯。她告诉你，一切都会好起来的，她会安排把诺恩索的尸体空运回美国。最后，她发出刺耳的抽泣声，就像是狗在吠叫，让人听上去像是在发出“嗬—嗬—嗬”的笑声，从她胸腔深处迸发出来，一点都不柔和，这跟她苗条的身子很不相称。当她走进诺恩索房间道晚安时，总是发出可笑的笑声。大部分时候，你都会用双手捂在耳朵以挡住那声音，你的手掌一直捂在耳朵上，以至于当她走进你的房间说亲爱的晚安，你都已经睡着了。她离开你的房间时从未有过那样的笑声。

打完了电话，奶奶仰面躺在地板上，眼睛一眨不眨，眼珠子从这边转到那边，像是在玩一个无聊的游戏。她说把诺恩索的尸体空运回美国是不对的，他的灵魂一直都会徘徊在这里。他属于这片坚实的土地，这片土地却不能承受他倒下的震扰。他属于这里的树木，其中的一棵树却把他甩了出去。你坐在那儿看着她，一开始，你希望她能起来把你搂进怀里，接着，你又希望她别这么做。

十八年了，奶奶家院子里的树木一点都没变，还是枝桠横生，互相缠结在一起，还是在院子里落下一片树影。可是别的一切似乎都变小了，房子变小了，还有后面的花园，荒废的蓄水池一片赤褐色。甚至后院里奶奶的坟墓都显得很小，在你的想象中，她的尸体缩在一个小棺材里。坟墓上抹了一层薄薄的水泥，周围的泥土是新挖的，你站在坟墓边上，想象着十年间的情景，那些无人顾及的疯长的野草覆盖在水泥面上，裹住了整个坟墓。

多齐亚看着你。在机场，他拘谨地拥抱了你，表示欢迎，对你的回来感到很意外，在人来人往的休息室里，你长时间地凝视着他的脸，一直看到他把目光转了开去，他生着一双褐色而忧伤的眼睛，就像你朋友的那只鬈毛狗。尽管你不需要那样看就知道诺恩索之死与多齐亚无关，多齐亚一直都是无辜的。多齐亚开车送你去奶奶家时，他问起你的母亲，你告诉他母亲现在住在加利福尼亚，你没有提起她居住的社区，那儿的人们剃光头，乳房打孔，也没提起当她来电话时，你总是还没等她说完就挂断电话。

你走向鳄梨树。多齐亚仍然在看着你，你看着他，试图回忆起十岁时那个夏天，充满你整个身心的爱，那天下午，诺恩索死后，你紧紧拽着多齐亚的手，多齐亚的母亲，也就是你的姨妈玛格贝奇贝莉杰，过来把他带走了。他前额上显出一道浅浅的皱纹，他垂手而立的样子有一种忧郁。你突然很想知道，他是不是也曾跟你一样，也有过那种渴望。你从来都不知道他平静的微笑背后是什么，他长时间一动不动的坐姿(以致果蝇都叮上了他的胳膊)意味着什么，他给你的那些画是什么意思，他把鸟儿关在纸板糊的笼子里直到它们死去，又是为什么。你很想知道，他对自己不是恩纳比西家的长孙有过什么想法，他不是那个能够继承这个姓氏的人。

你伸手去触摸鳄梨树的树干。这当儿多齐亚开口说话了，冷不丁把你吓了一跳，你以为他会说起诺恩索之死，但他只是说起他根本没想到你会回来向奶奶道别，因为他知道你有多么恨她。“恨”这个词悬浮在空气中，萦绕在你俩之间，就像某种谴责。你想说那次他打电话到纽约来，那是你十八年来第一次听到他的声音，他告诉你，奶奶过世了——我想也许你愿意听到这个消息，当时他是这么说的——当时你斜倚在办公桌上，两条腿就像融化了似的，一辈子的沉默消解了，你想到的不是奶奶，而是诺恩索，是他，多齐亚，是那棵鳄梨树，是你童年时代浑浑噩噩的天地里那个燠热的夏天，是所有那些你以前不愿让自己去想的事情，是你躺在薄薄的床单下蜷缩着身子的样子。

但你什么都没说，只是长时间地用手掌抚着粗糙的树干。那种痛楚让你平静下来。你想起吃鳄梨的情形，你喜欢加盐而诺恩索不喜欢加盐，所以奶奶总是说你不知好歹，说不加盐的鳄梨会让你感到恶心。

诺恩索的葬礼在弗吉尼亚一处清寂的墓园举行，那块尖耸的墓碑有一种不祥的意味，你母亲从头到脚裹在颓伤的黑色之中，甚至面纱也是黑色的，这一身黑色使她肉桂色的皮肤显得更有光彩。你父亲站得离你们远远的，穿着平常的达西奇套衫①，奶白色的贝壳领窝在脖子周围。他那样儿好像不是家族成员，好像只是那些出声地抽搐着鼻子的来宾中的一个，过后他们会悄声地问你母亲，诺恩索是怎么死的，他从小就会爬树，怎么会从树上掉下来。

面对所有来询问的那些人，你母亲什么都没说。关于诺恩索的

① 达西奇套衫，一种黑人穿的颜色花哨的短袖套衫。

事情，她对你也是缄口不言，甚至她清理了他的房间，收拾好他所有的东西之后，也没说什么。她没有问你是否需要留下些什么东西，对此你却感到松了一口气。你不想留有他写过的簿册，尽管你母亲说那上面的字迹比打字机打出来的还匀整。你不想要他在公园拍摄的鸽子照片，尽管你父亲说那些照片对一个孩子来说意味着许多希望。你不想要他画的画，那些画只不过是你父亲若干画作中各种颜色的拷贝。不要他的衣服，也不要他的集邮。

你母亲把诺恩索带回来举办葬礼后，过了三个月，她跟你说了离婚的事情。她说离婚不是因为诺恩索，她和你父亲实际上已经分开很长时间了。(你父亲当时在桑给巴尔，诺恩索的葬礼结束后他就走了。)这时候，你母亲终于问了：诺恩索是怎么死的?

你依然不知道怎么才能把那些话从自己嘴里掏出来。你依然不承认自己就是那个对整件事情知根知底的孩子。也许是由于她说离婚的事儿跟诺恩索无关的那种说话方式——好像只是诺恩索才能成为某种理由，好像你不必把你考虑在内。抑或，只是因为你感到有一种炽烈的念头(有时你依然会有这种感觉)，需要消除某些障碍，铲平你眼里的那些沟沟坎坎。你用一种得体的口气不情愿地告诉母亲，奶奶让诺恩索爬上那棵最高的鳄梨树，以向她显示他多么具有男子气。然后她又吓唬他——只是开玩笑，你对母亲说——她说那上面有条蛇，就是称之为 echi eteka 的蛇，就在贴着他的树枝上。她让他别动。当然他不会不动，于是就从树上摔下来了，他坠落时，那声音就像许多果子同时落地。一记沉闷的、绝望的扑通声。奶奶站在那儿看着他，然后开始朝他大声叫唤，说他是唯一的孙子，他这一死就是背叛了家族血脉，会惹怒祖宗的。他还在喘气，你跟母亲说。他落地时还有呼吸，可奶奶只是站在那儿对着他摔坏的躯体大声叫唤，一直喊到他死。

你母亲开始尖叫起来。在疯狂的状态下，在不肯面对真相时，你不知道是不是所有的人都会这么尖叫。她很清楚，诺恩索是摔破脑袋当场死亡的——她看过他的尸体，看见他破裂的头部。但她还是愿意相信诺恩索坠地时还活着的说法。她哭着，号啕着，咒骂自己那天居然出席了你父亲的画展揭幕式。然后她又给他打了电话，你听见她对着话筒吼叫：是你妈害死的！她吓唬他，让他摔下来的！她本来可以救他的，可她却站在那儿，整一个呆头呆脑的不开化的非洲女人，她就这样让他死了！

你父亲事后对你说，他能理解你当时处境的艰难，但你自己说话需要谨慎，以免引起更多的伤害。过后你想起他的话——你自己说话需要谨慎——如果他知道你在撒谎，不知道会怎么样。

那个夏天远在十八年前，那时你第一次有了自我实现的意识。那个夏天你知道诺恩索要出事儿，而你却能安然无恙。即便你还只有十岁，你就明白某些人会占有更多的生存空间，那无非是出身所决定的，某些人，就因为他们的存在，足以让别人喘不过气来。用一种蛇去吓唬诺恩索，只是你自己的主意。可你把这想法告诉了多齐亚，因为你们两个都想让诺恩索吃点苦头——也许让他受点伤害才好，也许得让他折了双腿。你想弄残他完美而柔韧的躯体，把他弄得不那么讨人喜欢，至少不能想要什么就能得到什么。至少不能侵占你的地盘。多齐亚什么都没说，却拿出你的一张照片，你的眼睛就像星星那样。

奶奶在屋里做饭，多齐亚默不作声地跟你站在一起，当你怂恿诺恩索往鳄梨树顶上攀爬的时候，你俩的肩膀挨到了一起。让他这么做很容易，你只消提醒他一下，你是比他更好的爬树能手就行了，你能够在几秒钟内攀上一棵树，任何一棵树——你本来就比他擅长此道，无需别人来教，这件事情奶奶可无法教他。你让他先上，看他是否能够爬上那棵鳄梨树的顶梢，而你随后跟上。那棵树的树枝很柔嫩，而诺恩索的身子比你要重。他身子重是因为奶奶给他那么多吃的。再多吃点儿，她总是这么说。你该想想我是为谁做饭呀？她这么说好像你不存在似的。有时候她会拍拍你的后背，用伊博语说，你学得不错，这样你以后就能伺候你丈夫了。

诺恩索爬上树。越爬越高。你一直等到他快要接近树梢的地方，直到他两腿迟疑着不知是否应该继续往上攀爬。你等到他伸腿换手那短促的一瞬间。一个凌虚蹈空的瞬间，在那一瞬间，你看见一切都成了一片蓝色，乃至生命本身——那是你父亲一幅画中完美的蔚蓝色，机会来了，清晨的阵雨已将天空洗刷一新。这时候你尖叫起来。“一条蛇！一条蛇！”你现在不能确定当时是否说了那条蛇就在贴近他的枝桠上，或是滑行到树干上。但这已无关紧要，因为就在那几秒钟内，诺恩索朝下看你，一失手，脚下一滑，手臂松脱了。要不，只能说是那棵树把诺恩索抖落下来的。

你记不得当时站在那儿盯着诺恩索看了多久，然后你跑进去喊奶奶，多齐亚一直沉默地站在你身边。

多齐亚那个说法——“恨”——此刻一直在你脑海里回旋。恨。恨。恨。这个说法让你感到呼吸困难。诺恩索死后的数月间，在那些等待的日子里，你的呼吸同样很困难，你期盼着母亲注意到你说话如流水般顺畅，注意到你两腿像轻盈的飘带，你期盼着母亲不再到你房间道晚安后发出“嗬-嗬-嗬”的笑声。她道晚安时倒是不再发出那种笑声了，而是小心翼翼地把你抱在怀里，说话总是悄声细语，而你则佯作咳嗽和擤鼻涕以避免跟她接吻。年复一年，她带着你从一个州迁居到另一个州，卧室里点着红色蜡烛，她避免谈起尼日利亚或是奶奶的任何事儿，拒绝让你去看你父亲，她再也不发出那种笑声了。

这会儿多齐亚开口说话了，他告诉你几年前他开始梦见诺恩索，梦中的诺恩索比他年纪大，比他个子高，你听见果子从树上掉下来，落在近旁，你没有转过身来就开口问他，你要什么，在那个夏天，你想要什么?

你不知道多齐亚什么时候挪开了身子，他站在你背后时，跟你靠得那么近，你都能闻到他身上的柑橘味了，也许他之前剥过一个橘子而没有洗手。他把你的身子扳过去，看着你，你也看着他，他前额上有好多皱纹，他眼睛里新添了苦涩的神色。他告诉你，他没有想过要什么，因为重要的是你想要什么。你注视着黑蚂蚁列队爬上树干，每只蚂蚁都扛着一根白色绒毛，排列出黑白相间的图案。彼此间一阵长长的沉默。他问你是否梦到过他死的样子，你说没有，你的目光避开他的眼睛，随后他转身离开了你。你想跟他说说你心里的痛，你耳边的寂寞，说说他来电话后扰动不安的气氛——房门猛然被撞开，风平浪静的水面又卷起了浪花，可是他走了。你哭泣着，独自站在鳄梨树底下。

固执的历史学家

丈夫过世多年之后，恩瓦姆戈巴有时仍会闭上眼睛，想象着他夜晚来到自己小屋的情形，想象着翌日清晨，她漫步在一串哼哼唧唧的歌声中，回想他身上的烟味，想着他身体压上来的分量，想着她只与自己分享的那些秘密，感觉自己就像是裹在一片霞光之中。有关奥比埃里卡的其他一些记忆也都清晰而现——他晚上吹奏长笛时，拳曲粗短的手指轮流地摆动着；她端出一碗碗饭菜送到他面前时，他那种兴高采烈的样子；他提着满筐的新鲜黏土回家来，整个背脊热汗涔涔，那些黏土是她制作陶器用的。在一次摔跤赛会上，她跟他初次相遇的那一刻，两人在对方注视的目光下彼此看了又看，他俩都太年轻，她胯间都尚未系上月经带，那时她已暗自有了一种固执的信念：他们命中注定会有婚姻之遇，他们的气场终将汇于一处。所以，几年后他来见她父亲——他和他的亲戚带着几罐棕榈酒上门来了，那时她就对母亲说，这就是她要嫁的男人。她母亲吓坏了。难道恩瓦姆戈巴不知道这个奥比埃里卡是个独生子，他过世的父亲也是独生子，莫非他们家的妻子们都丧失了生育能力，或是把自己的孩子给扔了？没准他们家族有人违反了深得人心的禁忌，不肯送一个女孩去做奴隶，所以土地神阿尼将厄运降临到他们头上了。恩瓦姆戈巴没有理会母亲的话。她走进父亲的书房对他说，如果不能嫁给奥比埃里卡，她就不会跟任何一个男人好好过日子。她父亲知道她是真敢豁出去的，这利嘴利舌、倔强任性的女儿曾将她的兄弟都摔倒在地。（那事儿发生后，她父亲警告家里所有的人不许外传，一个姑娘居然摔倒一个男孩。）他也注意到奥比埃里卡家族人丁不旺，不过那倒是一份好人家：奥比埃里卡过世的父亲曾是奥佐村的总管。奥比埃里卡已将山药种子派发给入股的佃农们了。恩瓦姆戈巴嫁了他也许不会太糟。再说，让她与自己选择的男人一起生活只会更好，万一日后她和婆家的人闹了矛盾跑回娘家，他就不用为此受到责备。所以他准了她这门亲事，她笑着感谢他，赞美他。

奥比埃里卡和两个表兄弟一起过来送新娘彩礼，那两人名叫奥卡福和奥柯耶，对他来说他俩就像是亲兄弟。恩瓦姆戈巴第一眼看到他们就不喜欢。那天下午，他们在她父亲的书店里喝棕榈酒，当时她就看出了他们眼里的嫉妒，此后的几年里，接替了父亲职位的奥比埃里克拓展了自己的业务，他的山药卖给了来自远方的新客户，她看出他们嫉妒得脸都黑了。但她容忍了他们，因为对奥比埃里卡来说他们非常重要，因为他假装没注意到他们并没有干活却来向他索取山药和肉鸡，因为他需要想象自己是有兄弟的人。正是他们，在她第三次流产之后，怂恿他再另娶一个妻子。奥比埃里卡告诉他们，自己也许会考虑的，可是夜里当他和恩瓦姆戈巴两人单独待在小屋里，他跟她说这间屋子里肯定会挤满了孩子，他到老也不会再娶别的女人，到时候不愁没人来照顾他们。她觉得他很奇怪，一个富裕的男人，却只有一个妻子，而她对他们家族子嗣的担忧超过了他，有那么一首歌人们都在唱，调子挺好听的，歌词却有些出格，那歌里唱道：她出卖了她的子宫，她吃了他的鸡鸡。他吹奏他的长笛，双手将自己的财富奉上。

有一次，在一个月光如水的夜晚，广场上挤满了女人，她们在讲故事，学新的舞蹈，一群姑娘看见恩瓦姆戈巴便唱起歌来，还挑衅地朝她挺起了胸脯。她停下脚步，问她们是否能唱得再响一些，好让她能听清歌词，随后向她们证明谁胸前的两爿龟甲更大。她们的歌声停了。她喜欢看她们害怕的样子，喜欢看她们害怕地躲开去，但也就在这时候，她下决心要为奥比埃里卡物色另一个妻子。

恩瓦姆戈巴喜欢去奥伊溪，解开腰上缠绕的裹身巾，顺着岸坡走进从岩石上迸出银色水花的溪流中。奥伊溪的水流比别的溪流

(比如奥加拉纳亚溪)显得更加清冽，也许因为这条溪流是在奥伊女神的庇护下，藏在隐秘的一隅。她在孩提时代就知道，奥伊是女人的保护神，据说能使女人不被卖作奴隶。她最好的朋友阿亚玉已经在溪边了，恩瓦姆戈巴帮她拎起水桶往她头上浇水，她向阿亚玉打听哪个女人适合做奥比埃里卡的第二个妻子。

她和阿亚玉是一起长大的，又嫁了同一家族的男人。不过，阿亚玉是奴隶的后代，她的父亲是在战后沦为奴隶的。阿亚玉并不把心思花在自己丈夫奥肯瓦身上，她说那人的气味和长相就跟一只老鼠似的，只是当时她的婚嫁对象没有多少选择余地，没有一个出身自由民家庭的人会娶她。阿亚玉身肢修长，动作敏捷，已经有过多次去外地做买卖的经历了，她甚至到过比奥尼查①还远的地方。是她第一个跟她们说起伊加拉人②和埃多州的生意人，说起那些异乡习俗的逸闻；是她第一个告诉她们，那些白种人往奥尼查运了镜子和纺织品，还有当地人从未见过的大量枪支。这种见多识广使得她颇受人尊重，她是唯一敢在妇女会社里大声讲话和回答任何问题的奴隶后代。

所以，她很快就提出奥比埃里卡第二个妻子的人选建议，就是奥孔克沃家的小女儿，那姑娘长得很美，臀部很宽，名声很好，一

---

① 奥尼查，尼日利亚南部城市，属阿南布拉州。

② 伊加拉人，尼日利亚的一个种族。

点都不像如今的年轻姑娘那样脑子里全是一些不着边际的念头。她俩从溪边走回家的路上，阿亚玉说，处于她这种情况，恩瓦姆戈巴也许应该像别的女人通常那样——找一个情人，只是为了让奥比埃里卡家的血脉能延续下去。恩瓦姆戈巴的反应非常激烈，因为她不喜欢阿亚玉说话的口气，似乎是在暗示奥比埃里克性无能。好像是对阿亚玉这种说法产生了回应，这当儿她觉得背上出现一阵阵剧痛，她知道这是再度怀孕的征象，但她什么都没说，因为她也知道，自己很可能会又一次失去孩子。

几个星期之后，她出现了流产前兆，两腿间流出了许多血块。奥比埃里卡安慰她，提议去一个叫基萨的地方，那是著名的神谕之地，只有半天的路程，以她的身体状况支撑到那儿没有问题。问卜神灵之后，恩瓦姆戈巴却为一整只母牛的花费感到心疼。奥比埃里卡家族无疑有过贪心的祖先。不过他们会用祭祀的方式净化心灵，舍得为神灵献祭，尽管她建议他去看看奥孔克沃家的女儿，他还是一拖再拖，直到她背上又出现了剧痛。几个月之后，在自己屋后，她躺在一叠清洗过的新鲜香蕉叶上，拼命地运力，直到娩出一个婴儿。

他们给他取名阿尼克文瓦：土地神阿尼最后还是许给了他们一个孩子。他的肤色很深，长得结实健壮，有着奥比埃里卡那种愉快的好奇心。奥比埃里卡带他去采草药，采集恩瓦姆戈巴制作陶器的黏土，还到种植场去翻整山药藤。奥比埃里克的表兄弟奥卡福和奥柯耶还常来他们家。看到阿尼克文瓦长笛吹得那么好，还学习诗歌，向父亲学摔跤，都学得这么快，他们无不啧啧称奇，可是恩瓦姆戈巴看出他们笑脸背后难以掩饰的恶意。她为自己的孩子和丈夫感到担忧，当奥比埃里卡去世时——一个健康无恙的男人，刚刚还谈笑风生地喝着棕榈酒，竟猝然瘫倒了——她知道是他们用什么药物毒死了他。她紧紧依偎着他的尸体不肯离开，直到一个邻居使劲地拍着她，把她拽开，她在冰冷的灰烬中躺了好几天，她撕扯着自己的头发。奥比埃里卡的死给她留下了无尽的绝望。她经常在想，一个女人，连续夭折了十个孩子后，就会去自家后院，吊死在一棵可乐果树上。但她不能这样，因为还有阿尼克文瓦。

事后她想起，当初自己坚持要他那两个表兄弟在神灵面前饮下奥比埃里卡的咒誓水①就好了。她曾亲眼见过，有一次，一个富人死了，其家人坚持要他的仇家喝下他的咒誓水。恩瓦姆戈巴端视着那个未婚女子，手里用树叶兜住一捧水，她将这捧水碰了一下死者的身体，这过程中她按照仪式规定嘴里一直念念有词，随后把兜水的树叶递给那个受谴的人。他喝下去了。在场的每一个人都确认他

① 原文为伊博语。

真的喝到肚子里去了，这时，空气中就像墓穴般寂静，因为他们知道，如果他有罪，他就会死去。几天后，他死了，而他的家人也因此羞愧地低下了头。这前前后后的过程让恩瓦姆戈巴感到震惊。她本该坚持让奥比埃里卡这两个表兄弟饮下咒誓水，可是她因过度悲哀而忘了这事儿，奥比埃里卡被埋葬了，所以一切都太晚了。

在他的葬礼上，他的表兄弟夺过她丈夫的象牙物件，宣称这些象征领主的饰物应该传给兄弟而不是儿子。他们掏空了他仓库里的山药，把围栏里长成的山羊都带走了，这时候她冲到他们面前大声叫喊，他们把她赶到了一边，等到夜幕降临，她绕着整个部落边走边唱，嘴里哼哼着诅咒他们的词儿，诅咒他们由于欺压一个寡妇，必将在自己地盘上堆起灾难和不幸，直到一些老人出来规劝那对表兄弟别再去惹她。她告到了妇女会社，于是二十个女人夜间冲进奥卡福和奥柯耶家里，挥舞杵棒，警告他们不许再去欺负恩瓦姆戈巴。会社里那些女人与奥比埃里卡年纪相仿，她们警告表兄弟们不准再去恩瓦姆戈巴那儿找茬。但恩瓦姆戈巴知道这两个贪婪的表兄弟不会善罢甘休。她做梦都想灭了他们。她完全有理由可以这样做——这两个虚弱无力的家伙，不把精力用于经营劳作，却来谋害奥比埃里卡——可是她要是出手，肯定会受到惩罚，这样一来就没人抚养儿子了。于是她带着阿尼克文瓦走了长长的一段路，告诉他，从棕榈树到大蕉树这一大片土地全是他们的，是他祖父传给他父亲的。她一遍又一遍地把这些事告诉儿子，以至于他听得都有些厌倦了，而且颇感困惑，她不让他在有月光的夜晚出去玩耍，除非在她眼皮子底下。

阿亚玉又到外地去做了一次买卖，这回她带来了另一个故事：奥尼查的女人对白人的抱怨。白人一向欢迎他们到贸易站去做生意，可是现在白人要告诉他们怎么做生意，奥尼查的阿库克部落的长老们不肯在文件上摁下自己的手印，于是那些白人晚上带着武器把那个村庄夷为平地，搞得鸡犬不留。恩瓦姆戈巴不太明白，那些白人用的是什么武器？阿亚玉大笑起来，说他们的枪都是一些生锈的家伙，就像她丈夫用的那路玩意儿。现在，白人来到了各个部落，他们要求父母将自己的孩子送到学校去读书，她决定要把阿祖卡送去，就是种植场里最懒惰的那个孩子，因为尽管她受人尊敬，也很有钱，但她仍是奴隶的后代，她的儿子们还是不能接掌领主职位。她要阿祖卡去学习外国人的方法，因为一些人统治另一些人，并不是因为他们比别人更好，而是因为他们有更好的武器，说到底，如果她的父亲像恩瓦姆戈巴的父亲那样有着更好的武器，她也不会被卖作奴隶了。恩瓦姆戈巴在听朋友说话时，心里在想着，要用白人的武器去杀死奥比埃里卡的表兄弟。

那天，一些白人来到她的部落，恩瓦姆戈巴把饭锅扔在炉子上，急忙带上阿尼克文瓦和家里的小女仆去了广场上。起初，那两个白人普通的外表让她感到失望，因为他们看上去不怎么威风，长着一身白化病似的皮肤，显得纤弱瘦小。他们的同伙也都是一些普通人，但他们身上有一种奇特的精神气儿，他们之中只有一个人能说一些发音怪怪的伊博语。他说，他们是从埃莱莱①过来的，其他几个模样平常的家伙是从塞拉利昂来的，这些白人来自法国，他们的国家在海洋对岸，他们一八八五年来到这里，建立了学校和教堂。恩瓦姆戈巴第一个向他们提问，他们是否任何时候都带着枪，也就是用来夷平阿库克村庄的那种枪，能让她看看吗？那人不高兴地说，那是隶属于英国政府的皇家尼日尔公司的士兵和商人干的，是那些人毁灭了那个村庄。至于他们，却为这里带来了福音。他说起他们的神，他来到这个世界之后又死了，他有一个儿子却没有妻子，他有三个身位却同为一体。恩瓦姆戈巴周围许多人都发出响亮的笑声。有些人走了开去，因为他们能够想象这些白人充满了智慧。另外一些人留在那儿给白人送来了凉水桶。

几个星期后，阿亚玉又带来了一个消息：那些白人在奥尼查建立了一个法庭，在那儿裁决冲突和纠纷。他们真的要在这里待下去。恩瓦姆戈巴第一次怀疑起自己的朋友了。不用说，奥尼查人肯

① 埃莱莱，尼日利亚南部城市，属河流州。

定有他们自己的法庭。说起来，恩瓦姆戈巴邻近的一个部落，只是每年收获新山药时才开庭审理案子，以至于人们在等待伸张正义时恨意越来越深。这是一种愚蠢的制度，恩瓦姆戈巴心想，显然人人都需要公正的审判。阿亚玉笑起来，她再次告诉恩瓦姆戈巴，一些人统治另外一些人，靠的是他们有更好的武器。她儿子已经学了一些外国知识，也许阿尼克文瓦也该去学学。恩瓦姆戈巴拒绝了。这是她唯一的儿子，她唯一的眼睛，居然要把他送到白人那儿去，想都别想，哪怕他们的武器再好。

此后的几年内，有三件事让恩瓦姆戈巴改变了主意。第一件事，奥比埃里卡的表兄弟们夺走了她家大片的土地，还跟部落长老们说，他们是替她耕作，替这个失去丈夫的女人耕作，因为死者是他们的兄弟，因为她拒绝再嫁，尽管一直有求婚者上门来，尽管她的乳房仍然显得浑圆。于是长老们就站到了表兄弟们一边。第二件事，阿亚玉告诉她，有一桩两人争夺土地的案子起诉到白人法庭上，第一个人完全是撒谎，可他会说白人的话，第二个人是土地真正的主人，可他不会说白人的话，于是第二个人输掉了官司，还被暴打一顿关押起来，最后还得交出土地。第三件事，那是一个名叫伊罗戈布纳姆的男孩的事儿，那男孩失踪多年后突然回来了，已长成一个成年人，面对这种事情，他守寡的母亲震惊之下一句话都说不出来了。原来是一个邻居(那人的父亲在长者聚会上常常大喊大嚷)干的，那人趁男孩母亲去市场时把他诱拐到阿洛的奴隶贩子那儿，奴隶贩子检查了这男孩的身体，还抱怨说他腿上有疤痕卖不出好价钱。后来这男孩就被拴到一条长长的人链中，他和别人的手都拴在一起，不时有棍棒砸到身上，叫他走快一些。那队人里面只有一个女人。她用沙哑的嗓子大声叫喊，大骂诱拐者没有心肝，她的魂儿都会追着他们和他们的孩子，她知道自己会被卖给白人，他们难道不知道做了白人的奴隶就是另一回事了，就像一群羊被赶到大船上，经历漂洋过海的漫长旅途，最后终于被吞噬掉?伊罗戈布纳姆走着走着，两脚走得鲜血淋漓，身体都变得麻木了，一路上只是间或能得到少量饮水，事后回想那水里全是尘土的味道。最后，他们在海边一处部落领地停下来，那儿有个人操着很难让人听懂的伊博语，但伊罗戈布纳姆终于把这事给弄明白了，原来是另外一个家伙要把这些被诱拐来的人卖给船上的白人，可是这人在跟那些白人讨价还价时，他自己也被劫持了。这时候发生了争吵和扭打。那些被绑来的人就使劲地拽扯绳子，接着伊罗戈布纳姆就晕过去了。他醒来时，发现一个白人在用油脂给他搽脚，一开始他很害怕，以为是要把他收拾干净了给白人吃。但这个白人相当不同，他是一个传教士，他买来奴隶只是为了让他们自由，他让伊罗戈布纳姆和自己一起生活，把他训练成一个基督教传教士。

恩瓦姆戈巴一直在想着伊罗戈布纳姆的事情，因为，她敢肯定这就是奥比埃里卡的表兄弟想要除掉她儿子的办法。毕竟杀了他风险太大，他们承受不起神灵的诅咒，但是他们可以卖了他，只要他们的猛药能维持足够的时间，就能保证不出纰漏。伊罗戈布纳姆的故事让她也大受刺激，那男孩现在时不时地甩出白人的语言。那声调听上去鼻音很重，让人讨厌。恩瓦姆戈巴自己根本不想去学这种东西，可她突然决定要让阿尼克文瓦学会这种语言，这样就能在白人法庭上打败表兄弟们，完全掌握胜机。于是，在伊罗戈布纳姆回来后不久，她就跟阿亚玉说，她要把儿子送到学校去。

他们先是去了英国国教徒的教会学校。那班上女孩比男孩多——有几个好奇的男孩拿着弹弓往那儿溜达进去，很快又溜达出来了。学生们跪坐在石块上，教师站在他们面前，手里捏着一根大藤条，给他们讲一个人将一碗水变成酒的故事。恩瓦姆戈巴对那个老师的眼镜印象很深刻，她想故事里那人准是赖以某种效能奇特的药物，才能把水变成酒。不过，后来女孩和男孩分开了，一个女教师来教女孩怎么缝纫，恩瓦姆戈巴觉得这可太蠢了，在她的部落里，女孩都学习做陶器，而男人去做衣服。而最终让她放弃在这个学校学习的原因，是因为他们教学使用的语言是伊博语。恩瓦姆戈巴问一开始见过的那个老师，为什么要用伊博语讲课。他说学校当然会教英语的——他拿出一本英语启蒙书——但孩子们用自己的语言会学得更好，在白人的国家里也是用他们自己的语言教孩子。恩瓦姆戈巴转身就走了。那教师拦住她，说天主教传教士很严厉，而且他们打心眼里对当地人不感兴趣。恩瓦姆戈巴被这些外国人逗乐了，他们不懂得，面对陌生人你得假装跟自己的同伙是一起的。可她是奔着英语而来，所以她从他身边走过去，走进了天主教传教士的学校。

夏纳罕神父告诉她，阿尼克文瓦需要取一个英文名字，因为不能用一个异教徒的名字给他施洗。她马上就答应了。阿尼克文瓦这个名字只有她才在意，倘若他们要在他学会英语之前给他一个她无法发音的名字，她也一点不在乎。重要的是他要学好这种语言，去跟他父亲的表兄弟争斗。夏纳罕神父看着阿尼克文瓦，这是个深肤色的孩子，肌肉很强健，他猜他应该有十二岁，尽管他觉得要估测这些人的年龄相当困难。有时候，一个男孩看上去就像个大人，一点都不像东非人(他曾在东非待过)，那儿的人一般比较纤瘦，肌肉没有这么发达。他把圣水洒到男孩头上，他说："米歇尔，我以圣父圣子圣灵的名义为你施洗。"

他给了男孩一件汗衫一条短裤，因为与圣灵同在之人不能光着身子走来走去，他试图向男孩的母亲传道，可她只是瞟瞟他，好像他是一个不知好歹的孩子。她脸上有着某种挺麻烦的自信，这种自信，他在当地许多女人的脸上都见过，如果她们的野性能够被驯服，那将是非常听话而好使的。这个恩瓦姆戈巴可能会成为女性中一个出色的传道者。他看着她离去。她挺直的背部显出一种优雅姿态，她也不像别的女人那样说话要绕许多圈子。那些女人说话常常不着边际，说起来就没完没了，还有那些绕来绕去的谚语常常弄得他火大，但他决心克服这些困难。这种决心就是他加入“圣灵会”的原因，这个组织的特别使命就是对黑人异教徒的救赎。

恩瓦姆戈巴对传教士不分轻重地鞭笞学生大为吃惊——由于迟到，由于懒惰，由于动作慢，由于无所事事。有一次，阿尼克文瓦告诉她，路兹神父给一个女孩戴上了金属手铐，因为她在课堂上撒谎，还因为她一直都说伊博语——而路兹神父只会说一些支离破碎的伊博语——本地的父母对孩子过于宠溺，而传福音也意味着要培训得体的门徒。阿尼克文瓦第一个周末回家时，恩瓦姆戈巴在他背上看见很厉害的鞭痕。她往腰里系紧裹身布就去了学校。她对老师说，如果他们再敢这样打他，她就把每个人的眼珠子都抠出来。她知道阿尼克文瓦不想再去学校了，她告诉他只要待上一两年就行，只要把英语学好。尽管学校老师让她不要常来学校，她还是坚持每个周末亲自来接儿子回家。阿尼克文瓦总要把身上的衣服扒了(甚至他们还没有离开校区他就脱了)。他不喜欢穿着捂得大汗淋漓的汗衫和衬衫，那纤维还蹭得他腋窝发痒，他也不喜欢和老年人在一个班上，不愿意错过摔跤赛会。

也许是因为开始注意到别人朝他带回部落的衣衫投来羡慕的目光，阿尼克文瓦对学校的态度慢慢转变了。恩瓦姆戈巴第一次留意到这件事情，是村里别的男孩抱怨他不再跟他们一起玩了(以前他常和他们一起在村里的广场上玩耍)，因为他要上学，而且阿尼克文瓦有时会冒出英语来，那急速的语调，弄得他们根本搭不上腔，这让恩瓦姆戈巴心里充满了骄傲。可是她注意到他眼睛里那种好奇的神情越来越少了，这时她的骄傲变成了一种莫名的担忧。他身上多了一股沉思的味道，好像他突然发现自己承担着一个过于沉重的世界。他经常对着什么东西凝视良久。他不再吃她做的饭菜，因为，他说，那是供奉神灵的祭品。他要她将裹身布系在胸上，而不是系在腰间，因为她这样裸露身子是有罪的。她看着他，被他一本正经的样子逗乐了，可是她仍然不无担忧，问他为什么只是关注她身上裸露的部分。

到了他举行“伊玛姆奥”仪式的年岁时，他说他不想参加这种仪式，因为这种男孩初涉神灵世界的仪式是一种异教徒的习俗，夏纳罕神父说过他们应该停止这种仪式。恩瓦姆戈巴粗鲁地朝他耳边嚷道，那外国白鬼子无权对他们的习俗说三道四，只有部落才能决定这种仪式是不是应该停止，他必须去参加，否则让他自己说说，他到底是她的儿子还是那个白鬼子的儿子。阿尼克文瓦不肯回答，可是当他和一群男孩被带去参加仪式时，她注意到他不像别人那样兴奋。他的沮丧也让她感到沮丧。她感到儿子被人从自己身边给拽走了，但她又为儿子学会了许多东西而感到骄傲，他会成为一名法庭传译员或是去给人代写书信，在路兹神父的帮助下，他往家里带回了一些文件，足以证明那片土地是属于他和他母亲的。她最骄傲的那一刻，是他走到他父亲的表兄弟奥卡福和奥柯耶那儿，向他们索回父亲的象牙饰物。他们只好把那玩意儿交还给他。

恩瓦姆戈巴知道，她儿子现在所属的那个精神世界对她来说极其陌生。他告诉她，他要去拉各斯学习怎样做一个教师，任凭她尖声喊叫，你怎么能离开我？我死的时候谁来埋葬我？——她明白，他一定会离家而去。许多年她都没有看见儿子，那些年里他父亲的表兄弟奥卡福和奥柯耶都死了。她经常去请神灵赐谕，阿尼克文瓦是不是还活着，而神灵警告她，让她走开，因为他肯定是活着的。阿尼克文瓦终于回来了，就在那一年部落里开始禁止养狗，因为有一条狗咬死了姆门戈拉会的成员，阿尼克文瓦不是说过这种事儿太邪门了吗，他和那个被咬死的人正是同龄人。

阿尼克文瓦宣称他已被指派为教义问答指导教师，履行新的传教任务，这时恩瓦姆戈巴什么都没说。她正在磨着手掌里的小剪子，那是用来给小女孩的头发剪花样的，阿尼克文瓦在讲述怎样教化他们这个部落的灵魂，她仍是埋头磨着剪子，嚓嚓，嚓嚓，嚓嚓。她端给他的一盘面包果籽丝毫未动——他不再吃她做的任何食物——这时候，她看着他，这个男人穿着长裤，颈上绕着一圈玫瑰念珠，她深感困惑的是自己是否干涉了他的命运。他的人生就像是一个忙忙碌碌的古怪的哑剧演员，难道他命中注定就该如此？

那天，他告诉她，他要和一个女人结婚了，她一点也没觉得惊讶。他事先没透露任何口风，直到事情定下来，也没找人了解新娘的家庭，只是简单地说起有人在传教团里见过一个从伊菲特乌克波①来的挺不错的年轻女子，那年轻女子要被送到奥尼查的神圣天主教姐妹会去学习做一个基督徒的好妻子。恩瓦姆戈巴那天害疟疾，躺在泥床上摩挲着发痛的关节，她向阿尼克文瓦问起那年轻女子的名字，阿尼克文瓦说她叫阿格尼丝。恩瓦姆戈巴要知道那年轻女子的真实名字。阿尼克文瓦清清嗓子说，在成为基督徒之前她的名字叫玛格贝克，恩瓦姆戈巴接着说，阿尼克文瓦即便不想遵循部落的其他婚典细节，玛格贝克至少要履行一个告解仪式。他愤怒地摇摇头——像这样的婚前仪式，一个即将结婚的女子在一堆女性亲戚的簇拥下，发誓说自从她丈夫宣告要娶她之后，没有别的男人碰

① 伊菲特乌克波，尼日利亚中南部城市，属阿南布拉州。

过她——这本身就是荒唐的，因为基督徒的妻子绝对是坚贞的。

在教堂举行的结婚仪式可笑得要命，但恩瓦姆戈巴一直保持着沉默，她告诉自己，她很快就要死去，与奥比埃里卡走到一起，跟这个越来越扯淡的世界毫无干系了。她本来不打算喜欢她这个儿媳，但玛格贝克却很难让人不喜欢，她腰身很细，人很文静，殷切地讨好她所嫁的男人，殷切地讨好所有的人，动不动就哭鼻子，对自己做不好的事儿马上就会认错赔罪。所以，弄得恩瓦姆戈巴怜惜起她来了。她经常来恩瓦姆戈巴这儿哭鼻子，说阿尼克文瓦不肯吃饭，因为他说和她在一起不自在，又禁止她去参加英国国教徒朋友的婚礼，说英国国教传讲的不是真理。在玛格贝克哭诉的时候，恩瓦姆戈巴默默地雕刻着陶器，不知道该怎么对付这样一个动不动就掉眼泪的女人。

所有的人都用英语叫法称呼玛格贝克"太太"，包括不是基督徒的人，所有的人都尊重传道人的妻子，可是有一天，她到奥伊溪边打水，由于是基督徒的缘故，她不肯脱去自己的衣服，这下惹恼了部落里的那些女人，她们觉得她这是对女神大不敬，便揍了她，把她扔到了小树林里。这事儿很快传开了，弄得"太太"颜面尽失。阿尼克文瓦威胁说，如果他的妻子再受到如此对待，他就要把所有的老人都关起来。然而，奥唐尼尔神父从奥尼查巡回传道来到这里时听说了件这事，他去拜访了那些部落老人，为玛格贝克的行为向他们道歉，又征询他们，是否能够允许基督徒女人穿着衣服打水。那些老人不答应，说如果你想享用奥伊女神的水，你就得遵守她的规矩，但他们对奥唐尼尔神父相当尊重，他认真倾听他们的话，不像他们自己的部落之子阿尼克文瓦。

恩瓦姆戈巴为自己的儿子感到羞愧，对他的妻子非常生气，对他们那种一尘不染的生活方式感到不安，因为他们打量那些非基督徒的样子就像人家出了天花似的，她把希望寄托在孙儿身上，她为玛格贝克生一个男孩而祈祷和献祭，因为这将是奥比埃里卡的回归，会给她的世界带来某种幻觉。她对玛格贝克的前两次流产一无所知，直到第三次，玛格贝克才一把眼泪一把鼻涕地告诉了她。恩瓦姆戈巴说，这是家庭的不幸，应该去求告一下神灵。玛格贝克马上睁大眼睛，害怕地说米歇尔如果知道求神的事儿一定会非常生气。恩瓦姆戈巴仍然很难把米歇尔和阿尼克文瓦联系到一起。她自己去求告神灵，事后想想可笑的是，神灵们也变了，不再要求献上棕榈酒，而是要杜松子酒。难道他们也变了？

几个月后，玛格贝克笑容满面地来了，她带来的一个有盖的碗里盛着调制食品，恩瓦姆戈觉得她不适合吃那些东西，恩瓦姆戈巴知道她呆滞的气脉全都被激活了，看来，这儿媳妇一定是怀孕了。阿尼克文瓦曾说过，玛格贝克在奥尼查传道期间不能有孩子，可是神灵却有他们的计划，在一个雨天的下午，玛格贝克有了生产的初兆，一个浑身湿透的人跑进恩瓦姆戈巴的棚屋向她报告了这事儿。生了个男孩。奥唐尼尔神父为孩子施洗，取名叫彼得，可恩瓦姆戈巴却叫他恩纳姆迪，因为她相信这孩子就是奥比埃里卡的再世。她对他唱着歌，他哭号时，她把自己干瘪的奶头塞进他嘴里，但不管她怎么试，就是不能从这孩子身上觉出她那了不起的丈夫奥比埃里卡的精神气儿。玛格贝克有过三次流产，恩瓦姆戈巴到神灵那儿去过许多次，于是她不再流产了，又生了第二个孩子，这回是在奥尼查传道时生的。是个女儿，恩瓦姆戈巴刚一抱起她，她就欢快地睁开眼睛盯着她看，她知道奥比埃里卡的精神气儿回来了，但奇怪的是，怎么是个女孩，不过，谁能说得准祖宗的行事之道呢？奥唐尼尔神父给她施洗的名字是格瑞斯，恩瓦姆戈巴却叫她阿法梅芙娜，“不会丢失属于我的名字。”让人兴奋的是，这孩子对她的歌谣和她讲述的故事竟有一本正经的兴趣，她十几岁时总是睁大眼睛看着恩瓦姆戈巴用颤抖的双手费劲地制作陶器。但恩瓦姆戈巴并没有因为阿法梅芙娜要离开她去上中学而感到高兴（彼得已经住在奥尼查的牧师那儿了），因为她很怕寄宿学校的生活会消磨她孙女的活力和锐气，将来可能变成像阿尼克文瓦那种感情漠然的刻板之人，或是像玛格贝克那样软弱无助。

阿法梅芙娜离家去奥尼查上中学那一年，恩瓦姆戈巴感觉像是在一个无月的夜晚吹灭了油灯。这是一个古怪的年头，这一年，黑暗会在午后突然降临到这片土地上，当恩瓦姆戈巴觉得自己的坐骨关节痛得要命时，她知道自己已去日无多。她躺在床上急促地喘着气，阿尼克文瓦请求她受施浸礼，这样他可以为她举行一个基督徒葬礼，因为他不可能参与一个异教徒的仪式。恩瓦姆戈巴告诉他，如果他胆敢让什么人进来把那污秽的油料涂在她身上，她会用最后的力气给那人一记耳光。她念念不忘的是，在回到祖宗那儿之前，看一眼阿法梅芙娜，但阿尼克文瓦说格瑞斯正在学校参加考试，不能回家来。可她来了。恩瓦姆戈巴听到了房门吱呀一声推开，是阿法梅芙娜，她的孙女儿从奥尼查回来了，因为她好几天都不能入睡，内心的不安召唤她回到家里。格瑞斯放下书包，那里面是她的课本，其中有一章叫做《尼日利亚南部原始部落的平定》，这一章是大英帝国伍斯特郡行政长官写的，他曾在这里待过七年。

格瑞斯，读着那些由于古怪且毫无意义的习俗而导致的野蛮、凶残行径，无法把那些人跟她自己联系到一起，她的老师，慕琳修女告诉她，不能把她祖母教给她的那些东西简单地等同于诗歌，因为原始部落没有诗歌。格瑞斯，不由大声笑了起来，慕琳修女把她拽去关了禁闭，接着又叫来她父亲，父亲当着众人扇了她一个耳光，以表明他对子女约束甚严。格瑞斯，为此许多年都不原谅父亲，放假时她在奥尼查做女仆，以逃避父母和兄弟的那种道貌岸然的伪道学，还有那些令人抑郁的一定之规。格瑞斯，中学毕业后要去阿奎克的小学教书，在那里，人们被告知他们的村庄早在拿枪的白人到来好多年之前就毁灭了，她不相信这样的说法，因为人们也在谈论尼日尔河出现美人鱼的传说，据说那些美人鱼还拿着成卷的钞票。格瑞斯，一九五〇年，作为伊巴丹大学里少数几名女大学生之一，在一个朋友家喝茶时听说了戈保耶加先生的事情后，把自己的专业从化学转到历史。那位有着巧克力肤色的尼日利亚人是在伦敦受的教育，作为大英帝国的著名历史学者，因为反感“西部非洲调查委员会”要将非洲历史增补到教学课程里，便愤而辞职，由此他料想非洲历史可能会成为大英帝国历史的一个科目，这让他大为惊骇。格瑞斯感到非常悲哀，她沉思良久，要从那些事物之间梳理出某种清楚的关系：知识与尊严，书本与心灵，可见的东西与潜移默化的东西。格瑞斯，她开始重新审视自己的学校生活——在帝国纪念日她如何引吭高歌，“上帝保佑吾王。赐他胜利、幸福和荣光。治国家，王运长……”面对着课本中“壁纸”和“蒲公英”这类单词，她大伤脑筋，无法想象出那些东西的具体形象。她跟四则混合运算题较劲，因为她不知道什么是咖啡，什么是菊苣，为什么要把不同的东西混合在一起？格瑞斯，开始重新审视她父亲的学校生活，这时候匆匆回家看望他（他双眼因年迈而泪汪汪的），跟他说，由于自己的疏忽没有悉数收到他的来信，他祷告时她念阿门，将自己的嘴唇压在他的前额上。格瑞斯，驱车返程途中路过阿奎克，对于那个被毁的村庄她将无法释怀，她要去伦敦，去巴黎，去奥尼查，翻遍档案馆里的所有资料，重新想象她祖母那个世界的生活和气息，为了她要写的那本书，那本书名叫《枪口下的绥靖：尼日利亚南部的历史重述》。格瑞斯，在跟自己的未婚夫乔治·奇卡迪比亚聊到那些早年的手稿时，就知道他俩的婚姻难以维持长久——乔治毕业于拉各斯国王学院，是未来的工程师，身穿三件套西服，擅长交谊舞，总是说文法学校不教拉丁语就像一杯茶里没有放糖——因为乔治对她说，她不去搞些诸如“美苏紧张局势下的非洲联盟”这类有价值的课题，却去写什么原始部落的书，完全是走错了方向。他们将于一九七二年离婚，并非由于格瑞斯的四次流产，而是因为有一天晚上她醒来时浑身是汗，突然意识到，如果再听到他说起自己在剑桥时那个没完没了的话题，她就会把他掐死。格瑞斯，当她获得学院卓越奖时，当她出席关于尼日利亚南部的伊贾人、伊比比奥人、伊博人和埃菲克人的学术会议，面对那些一脸严肃的人发言时，当她为国际组织撰写有关非洲事物的通识报告而获得丰厚报酬时，她总会想象祖母就在一旁观看，想象着祖母开心而咯咯大笑的样子。格瑞斯，在她生命的后期，虽说荣耀有加，虽说朋友很多，虽说她的花园里有着无与伦比的玫瑰，却感到一种奇怪的无根状态，她将去拉各斯法院，正式将自己的名字格瑞斯更改为阿法梅芙娜。

可是在这一天，当她在暮色中坐在祖母的床边时，格瑞斯并没有思忖自己的未来，她只是握着祖母的手，那手掌因经年累月制作陶器而结满厚厚的茧子。